MOVIMENTOS DE PENSAMENTO

Ludwig Wittgenstein

MOVIMENTOS DE PENSAMENTO
Diários de 1930-32/1936-37

Tradução

Edgar da Rocha Marques
(prof. adjunto de Filosofia da UERJ)

Editado por Ilse Somavilla

martins
Martins Fontes

© 2010 Martins Editora Livraria Ltda., São Paulo, para a presente edição.
© 2007 Haymon-Verlag, Insbruque.
Esta obra foi originalmente publicada em alemão sob o título
Denkbewegungen – Tagebücher 1930-1932/1936-1937.

Publisher *Evandro Mendonça Martins Fontes*
Coordenação editorial *Anna Dantes*
Produção editorial *Luciane Helena Gomide*
Projeto gráfico *Renata Miyabe Ueda*
Revisão da tradução *Eurides Avance de Souza*
Revisão *Daniela Lima*
Denise Roberti Camargo
Dinarte Zorzanelli da Silva
Renata Dias Mundt

Dados Internacionais de Catalogação na Publicação (CIP)
(Câmara Brasileira do Livro, SP, Brasil)

Wittgenstein, Ludwig, 1889-1951.
Movimentos de pensamento : diários de 1930-1932/1936-1937 / Ludwig Wittgenstein ; tradução Edgard da Rocha Marques ; editado por Ilse Somavilla. – São Paulo : Martins Martins Fontes, 2010. – (Coleção tópicos)

Título original: Denkbewegungen – Tagebücher 1930-1932/1936-1937
ISBN 978-85-61635-84-8

1. Filósofos – Alemanha – Diários 2. Filosofia austríaca 3. Wittgenstein, Ludwig, 1889-1951 – Diários I. Somavilla, Ilse. II. Título. III. Série.

10-11421   CDD-192.19

Índices para catálogo sistemático:
1. Wittgenstein : Diários : Filosofia austríaca 192.19

Todos os direitos desta edição no Brasil reservados à
Martins Editora Livraria Ltda.
Av. Dr. Arnaldo, 2076
01255-000 São Paulo SP Brasil
Tel.: (11) 3116.0000
info@martinseditora.com.br
www.martinsmartinsfontes.com.br

Sumário

Prefácio 7

Nota da Editora 13

Agradecimentos 23

Diários (1930-32/1936-37) 25

Notas e comentários 165

Bibliografia 253

Índice onomástico 257

Prefácio

Ilse Somavilla

O texto publicado nesta edição é a reprodução de um diário que Ludwig Wittgenstein manteve de 1930 a 1932 e de 1936 a 1937, e cuja existência é conhecida somente há pouco tempo. Este volume também não está registrado sob nenhum número no "Catálogo Wittgenstein" editado por Georg Henrik von Wright, no qual é mencionado como "desaparecido"[1]. Hoje sabemos que, com uma cópia datilografada do *Tractatus Logico-Philosophicus*, um manuscrito da *Conferência sobre Ética* e um manuscrito das *Philosophische Untersuchungen* [Investigações Filosóficas] (o MS 142, dado como perdido) estavam em posse da irmã de Wittgenstein, Margarete Stonborough, em Gmunden. Após a morte do irmão, Margarete deu esses documentos a Rudof e Elisabeth Koder, como recordação.

---

1. Desde a primavera de 1996, o diário foi incluído por Georg Henrik von Wright na série de manuscritos filosóficos de Wittgenstein e classificado como MS 183.

Rudolf Koder foi professor na pequena cidade de Puchberg, na Baixa Áustria, onde conheceu Wittgenstein em 1923. Em função do interesse comum pela música, desenvolveu-se entre ambos uma amizade afetuosa que durou até a morte de Wittgenstein, em 1951.

No fim de 1993, houve contatos entre o professor doutor Johannes Koder, filho de Rudolf Koder, sua irmã dra. Margarete Bieder-Koder – atuais proprietários do assim chamado "Espólio de Koder" – e o Arquivo Brenner da Universidade de Innsbruck.

Em seguida, o professor Koder encarregou o Arquivo Brenner da publicação do diário, que fazia parte do espólio de seus pais.

* * *

Wittgenstein tinha o hábito de anotar seus pensamentos filosóficos em vários volumes de manuscritos ao mesmo tempo, por vezes entremeados por reflexões de caráter pessoal ou de conteúdo histórico-cultural, formuladas em parágrafos mais curtos ou mais longos, às vezes em linguagem codificada.

Nesses manuscritos, os mesmos pensamentos aparecem, ocasionalmente, em passagens diferentes, algumas vezes expressos exatamente da mesma maneira. Observações que podem ser encontradas em todo o espólio espalhadas em seus manuscritos aparecem também neste diário em formulação semelhante.

Nessa medida, o diário é importante principalmente para pesquisadores do pensamento de Wittgenstein que gostariam de estabelecer relações entre ele e a totalidade de sua obra. Mas, por meio das anotações de caráter muito pessoal, obtém-se também uma compreensão do "ser humano" Wittgenstein e torna-se visível a estreita ligação – apenas nos últimos tempos levada sistematicamente em conta na pesquisa – entre seus problemas existenciais e seu modo de pensar filosófico. Além disso, torna-se nítida uma continuidade entre pensamentos essenciais de Wittgenstein: problemas que o ocupavam já no tempo da Primeira Guerra Mundial – que nos são conhecidos por meio da publicação dos *Tagebücher* [Diários] *1914-1916,* bem como dos *Geheime Tagebücher* [Diários Secretos] – aparecem aqui novamente, após mais de vinte anos. Entretanto, este volume de manuscritos não é interessante apenas para o leitor cientificamente orientado, mas também para aquele que até o momento é pouco – ou nada – familiarizado com os escritos de Wittgenstein. Esse leitor pode obter um primeiro acesso ao pensamento e à personalidade de Wittgenstein por meio dessas observações, que abrangem um conjunto de temas bastante diversificado.

As reflexões de Wittgenstein, que, apesar da simplicidade do estilo, seduzem pela clareza de expressão e pela profundidade de pensamento, estendem-se desde arte e cultura – especialmente sobre música – até questões éticas e religiosas.

Isso ocorre frequentemente de maneira velada. Wittgenstein escreve por meio de metáforas, insinua, "mostra", indicando, com isso, uma concepção dos limites do que pode ser dito, concepção, aliás, que ele manteve durante toda a sua vida.

Sua luta com a linguagem revela-se algo eticamente fundamentado, e sua busca por clareza filosófica, uma busca por clareza acerca de si mesmo.

O diário também pode, por isso, ser lido tendo em vista a afirmação de Wittgenstein de que "ética e estética são uma coisa só" (*Tractatus*, 6.421). Há esclarecimento vívido sobre a grande importância da "esfera do inefável", à qual, no sentido de Wittgenstein, se agregam questões da arte, ética e religião.

A análise de Wittgenstein sobre a esfera situada "fora do mundo dos fatos", ou seja, sobre o "sentido do mundo" – o pensamento religioso de Wittgenstein – exibe em algumas passagens paralelos com os já publicados *Geheime Tagebücher* [Diários Secretos] e *Vermischte Bemerkungen* [Observações Misturadas]; no entanto, seu "sofrimento do espírito" – assim ele chamava a experiência religiosa –, sua miséria interna nos limites do que pode ser dito e esclarecido cientificamente, não é expresso em nenhum outro de seus escritos com tal intensidade e autenticidade.

Apesar da continuidade interna dos pensamentos essenciais de Wittgenstein, ilustrada por meio do diário, não se pode, entretanto, de maneira alguma, falar de rigidez ou estagnação em seu filosofar. Ao contrário, sua abordagem de problemas da filosofia mostra-se como um processo dinâmico. Seu pensamento não conhece nenhuma trégua, nenhuma pausa, mas está sempre em "movimento", em processo de inovação, recriando-se a partir de si mesmo.

Essa dinâmica se manifesta no processo mesmo da escrita. Nas constantes e incansáveis mudanças e retoques, torna-se perceptível sua inquietação, tanto pessoal quanto filosófica. A particularidade de pesar e verificar o mais cuidadosamente possível cada palavra, cada frase, e de considerar cada etapa do pensamento ou cada situação a partir de diferentes pontos de vista deu origem a uma multiplicidade de "variantes" e versões na composição de seus textos.

A dimensão linguística, à qual apenas há alguns anos e na maior parte das vezes de maneira rudimentar vem sendo prestada a devida atenção, é levada em conta na presente edição. Por meio de um método de transcrição desenvolvido no Arquivo Wittgenstein da Universidade de Bergen, os textos de Wittgenstein são aqui reproduzidos de uma maneira fiel aos originais.

Por meio da apresentação de seu estilo e de sua escrita, incluindo suas "variantes" e alternativas, possibilita-se ao leitor acompanhar os raciocínios de Wittgenstein – os "movimentos de pensamento" em seu filosofar – em toda sua vivacidade.

Nota da Editora

Conforme mencionado no Prefácio, o presente diário foi encontrado no espólio de Rudolf e Elisabeth Koder. Trata-se de um volume manuscrito de meio-linho, encadernado com 244 páginas ou 122 folhas de papel com pauta, no formato de 22,5 por 17,5 centímetros. Wittgenstein o escreveu parte a lápis (páginas 1 a 157, sendo que as páginas 146 e 157 também contêm partes a tinta) e parte a tinta[1] (páginas 158 a 243).

As páginas 1 a 142 do diário foram escritas em Cambridge (no período de 16 de abril de 1930 a 28 de janeiro de 1932). As páginas 142 a 242 foram escritas em Skjolden[2]

---

1. Cf. Johannes Koder, "Verzeichnis der Schriften Ludwig Wittgensteins im Nachlass Rudolf und Elisabeth Koder", in: *Mitteilungen aus dem Brenner-Archiv*, n. 12/1993, p. 52-54.
2. Neste ponto discordo de Johannes Koder, que, recorrendo a G. H. von Wright, presume que o local das anotações feitas por Wittgenstein em 24 de setembro seja Cambridge. Visto que no MS 118 Wittgenstein anota, em 18 de setembro, viagem de Skjolden a Bergen para buscar Francis

(de 19 de novembro de 1936 a 30 de abril de 1937), assim como as páginas 242 e 243, que incluem as notas de 24 de setembro de 1937.

As partes redigidas em Skjolden foram escritas parcialmente em código. Enquanto nos *Tagebücher 1914-1916* se pode observar uma estrutura formal (via de regra, Wittgenstein escrevia em código no lado esquerdo da página e usava escrita[3] normal no lado direito), não há aqui nenhuma divisão. Wittgenstein escreve alternadamente parágrafos maiores ou menores, em escrita normal ou codificada.

Tem-se frequentemente a impressão de que Wittgenstein redigia em código as partes com conteúdo muito pessoal, que queria preservar para si, mas isso não deve, de maneira alguma, ser visto como critério para todas as passagens escritas em código. Afirmações completamente desprovidas de importância, por um lado, e observações filosóficas, por outro, são às vezes escritas em código.

Na maior parte dos casos há, entretanto, uma intenção por trás do uso da escrita codificada: Wittgenstein parece ter querido proteger ou encobrir especialmente os pensamentos

---

Skinner; em 22 de setembro, anota ter de buscar Francis em Bergen e, em 1º de outubro, levá-lo novamente, ele estava provavelmente na Noruega durante esse período.

3. Os diários redigidos em escrita normal foram publicados com o título *Tagebücher 1914-1916* e constituem a versão normalizada dos mencionados *Geheime Tagebücher*, escritos em linguagem codificada e editados por Wilhelm Baum. Cf. sobre isso: Wilhelm Baum, *Ludwig Wittgenstein. Geheime Tagebücher*, Viena, Turia & Kant, 1991, p. 171.

que lhe eram preciosos do olhar rápido de um leitor apressado, superficial. Uma indicação favorável a essa suspeita poderia ser encontrada em uma passagem do manuscrito 157a: "Há uma grande diferença entre os efeitos de um escrito que se pode ler fácil & fluentemente & os de um que se pode escrever mas não se pode decifrar (ler) <u>facilmente</u>. Os pensamentos ficam fechados nele, como em uma caixa".

* * *

A transcrição do presente texto empregou o sistema computacional MECS-WIT, desenvolvido no Arquivo Wittgenstein da Universidade de Bergen. Pretende-se com ele chegar a uma versão da totalidade do espólio que possa ser lida mecanicamente. O MECS-WIT é concebido para reproduzir com fidelidade ao original o modo característico de escrever de Wittgenstein, com suas numerosas modificações, seus riscos, acréscimos, retoques e coisas do gênero.[4]

Para satisfazer às diferentes necessidades e aos interesses dos leitores, na presente edição o texto é apresentado em duas formas de transcrição, uma versão "normalizada" e uma versão oficial.[5]

---

4. Cf. Claus Huitfeldt, "Das Wittgenstein-Archiv der Universität Bergen. Hintergrund und erster Arbeitsbericht", in: *Mitteilungen aus dem Brenner-Archiv*, n. 10/1991, p. 93-106.
5. Segundo a designação do MECS-WIT, as versões são chamadas *normalized version* e *diplomatic version*.

A dita versão normalizada visa facilitar a leitura de trechos que dificilmente poderiam ser compreendidos na versão oficial.

No texto a seguir são reproduzidas as últimas variantes de Wittgenstein, sendo que as anteriores são colocadas em notas de rodapé, na ordem temporal. Se Wittgenstein, para não se repetir, substituiu por pontos trechos de uma frase; no texto principal, em lugar dos pontos, é reproduzida integralmente a passagem em questão, com marcação em negrito para mostrar que houve uma intervenção da editora. Os parênteses ou barras duplas que Wittgenstein inseria como marcações de posteriores variações foram suprimidos da versão normalizada para não atrapalhar a leitura.

Na versão oficial, entretanto, eles foram mantidos, tanto quanto os pontos que substituem partes de frases. Nela o processo real da escrita é reproduzido com a versão inicial do assim chamado texto principal, bem como com as variações acrescentadas e escritas por cima, na forma como constavam no original.

Contrariamente ao método empregado na Noruega, que corrige os textos de Wittgenstein na versão normalizada, adaptando-os à mais recente situação do idioma alemão, os erros de ortografia de Wittgenstein, que, dentre outros, são oriundos em parte da falta de atenção decorrente da velocidade da escrita etc., em parte de hábitos de escrita que eram típicos dele, como o uso de "in's" em lugar de "ins" ou "wol" em vez de "wohl" e coisas do gênero, são reproduzidos na presente edição conforme o original. O emprego peculiar que Wittgenstein faz das maiúsculas e minúsculas foi respeitado, já que é difícil constatar quando tal uso é feito intencionalmente e quando ocorre em função do próprio fluir do texto ou da falta de conhecimento da ortografia. Também o logograma "&" utilizado por Wittgenstein para o "e" foi deixado.

Na virada do século XIX para o XX ocorreu uma reforma ortográfica no idioma alemão. Que a adaptação às inovações ocorreu apenas lentamente é algo que pode ser observado no fato de que Wittgenstein mantinha muitos modos de escrever da época anterior à reforma. Frequentemente encontramos um "c" onde, após a reforma, deveria ser escrito com "k" ou com "z", como em "Conzert", "Concentrieren", "Scene" etc.

Seu modo de escrever a palavra "seelig" com dois "e", bem como a palavra "Waare" com dois "a", deve igualmente ser visto como um resquício da ortografia antiga, tanto quanto o uso do "y" em lugar do "i", como em "Nymbus" e do "th" em lugar do "t", como em "Thaler".

Expressões menos conhecidas ou empregadas apenas no dialeto austríaco dessa época, como "Übligkeiten" em lugar de

"Übelkeit" e "derfangen" em lugar de "sich fangen", são mantidas no texto, mas elucidadas nos comentários do final.

Somente foram corrigidos os erros mais grosseiros, como a falta da letra "h" no nome do compositor "Mahler" ou em trechos em que Wittgenstein escreveu "sei" em vez de "seit" ou em vez de uma palavra como "schwerer" escreveu "schwerere"; isto, porém, é indicado por meio de negrito e discutido nos comentários finais.

Os trechos de difícil leitura sobre os quais a editora chegou à conclusão de que se tratava de determinada letra ou palavra também são relacionados nos comentários finais.

Passagens codificadas:

Várias passagens do presente manuscrito foram escritas em código por Wittgenstein. Seu "código" é em si fácil de ser decifrado, pois consiste simplesmente em uma inversão do alfabeto: um *a* significa, consequentemente, um *z;* um *b* está no lugar de um *y*, e assim por diante. Exceções são o *r*, que pode significar tanto um *i* quanto um *j*, e o *n*, que permanece *n*.

Entretanto, uma vez que Wittgenstein nem sempre era rigoroso na aplicação do código, surgiram erros que prejudicariam consideravelmente a compreensão de algumas palavras isoladas e mesmo de frases inteiras. Por essa razão, tais erros foram corrigidos.

Isto significa que, se Wittgenstein acidentalmente empregou letras da escrita normal em passagens codificadas, se, por exemplo, em lugar de um *h* (que na escrita codificada devia substituir um *s*) escreveu um *s*, tais letras foram corrigidas de acordo com o código. Essas intervenções da editora são, contudo, ressaltadas por meio de negrito. Os *ss* em lugar de "ß" foram deixados, visto que, na linguagem codificada, Wittgenstein usava *hh* para indicá-los.

Para diferenciar os textos redigidos em escrita codificada daqueles redigidos em escrita normal, tais textos foram impressos em letra cursiva.

Trema:

No decorrer da escrita, Wittgenstein parece sempre ter esquecido de colocar o traço que indica trema nas vogais *u*, *a* e *o*. Isto foi corrigido na versão normalizada e reproduzido de acordo com o original na versão oficial. Os tremas nas passagens escritas em código – colocados sobre *f*, *m* e *z* (para *ü*, *ö* e *ä*) – não são reproduzidos na transcrição oficial.

Pontuação:

O uso que Wittgenstein faz da pontuação é, em muitos casos, incomum, mas isso ocorria muitas vezes intencionalmente[6].

---

6. Ver MS 136, 128b: 18/01/1948, citado segundo *VB*, p. 131: "Gostaria realmente de desacelerar o tempo da leitura por meio de contínuos sinais de pontuação. Pois quero ser lido devagar. (Como eu mesmo leio.)".

Aspas:

Wittgenstein emprega as aspas ora inserindo-as abaixo, ora acima das palavras. Isso foi reproduzido de acordo com o original na versão oficial, mas padronizado na versão normalizada. No entanto, a distinção entre aspas simples e duplas foi mantida em ambas as versões.

Sublinhados:

Ao contrário das obras de Wittgenstein publicadas até agora, em que, na maioria das vezes, os sublinhados foram reproduzidos de acordo com o método adotado na edição da Suhrkamp, na presente edição de Wittgenstein os sublinhados foram mantidos conforme o original.

Somente nos comentários do final, nos quais se faz referência a passagens publicadas de tal edição, bem como da edição de *Vermischte Bemerkungen*, é reproduzido o sublinhado correspondente.

Os sublinhados com linhas onduladas, que em geral são expressão de dúvida, foram reproduzidos por meio de uma linha tracejada.

Parágrafos:

Wittgenstein tinha o hábito de escrever a maior parte das vezes em parágrafos de duas ou mais linhas, que ele em geral separava por meio de uma linha vazia e, em casos mais raros, por meio de duas ou mais linhas. Esses parágrafos foram reproduzidos aqui. Em alguns casos, falta neste diário uma linha vazia entre dois parágrafos, mesmo antes do início de uma nova data, que às vezes foi presumivelmente incluída na linha apenas em momento posterior.

Inserções:
Geralmente Wittgenstein faz inserções no começo, ou mesmo no meio, de um parágrafo. Tais inserções, pequenas ou grandes, são reproduzidas de acordo com o original na transcrição oficial e incorporadas integralmente na versão normalizada.

Numeração:
Wittgenstein enumerou as páginas de seus manuscritos de maneiras diversas: ora inseriu os números de páginas de modo mais ou menos regular e contínuo, ora deixou páginas sem número. No presente diário, ele colocou o número de página no lado direito da folha, no alto e bem no meio, exceto em dois trechos, em que, em função de texto acrescentado na margem superior, não é possível reconhecer o número da página. No lado esquerdo não consta numeração.

Na versão oficial, a numeração de Wittgenstein é indicada do lado direito da página, no alto e no meio, de acordo com o original. No lado esquerdo, ou seja, no verso, onde falta o número no original, é indicado na versão oficial o número de página com os dizeres "Verso Page 2, Verso Page 4" [verso da página 2, verso da página 4] etc.; no lado direito, a indicação é feita por meio dos dizeres "Recto Page 3, Recto Page 5" [direito da página 3, direito da página 5], e assim por diante.

Na versão normalizada, os números de páginas constam do lado de fora da mancha gráfica. Além disso, o início de uma nova página é indicado no decorrer do texto por meio de colchetes.

Elementos gráficos:

Em duas passagens (páginas 126 e 128), Wittgenstein usou desenhos para explicar um sonho. Tais desenhos são reproduzidos aqui por meio de fac-símile, assim como suas representações da letra "f" (página 236).

Agradecimentos

Ilse Somavilla

Gostaria de expressar aqui meus agradecimentos àqueles que contribuíram para a realização desta edição.

Em primeiro lugar, meu agradecimento vai para o prof. dr. Johannes Koder e sua irmã, dra. Margarete Bieder-Koder, que manifestaram grande confiança no Arquivo Brenner e nos colocaram à disposição o valioso volume do manuscrito, oriundo do espólio de seus falecidos pais, para que pudéssemos proceder ao trabalho científico.

Agradeço ao prof. dr. Walter Methlagl e ao prof. dr. Allan Janik por terem me incumbido do trabalho elaborado na presente edição e por terem demonstrado a todo momento, em nossas discussões sobre o diário, seu interesse.

Um grande agradecimento vai para o Arquivo Wittgenstein da Universidade de Bergen, bem como a seu diretor, sr. Claus Huitfeldt, com cuja permissão o método de transcrição MECS-WIT, desenvolvido por ele, pôde ser aqui empregado. Agradeço também aos funcionários do Arquivo Wittgenstein: Angela Requate, Peter Cripps, Wilhelm Krueger, Franz Hespe e Maria Sollohub, por suas correções, seu auxílio e contínua presteza nas informações. Além disso, agradeço também Andrzej Orzechowski, de Wroclaw (Polônia), e Monika Seekircher, de Innsbruck.

Agradeço Marguerite de Chambier – Respinger quando solteira –, por suas informações detalhadas e pelo fornecimento de cartas que Wittgenstein lhe enviou.

Quanto às questões relativas às notas e aos comentários do final, gostaria de agradecer ao major John Stonborough, ao sr. Jonathan Smith (do Trinity College), ao dr. Othmar Costa (de Innsbruck), ao prof. dr. Friedrich Heller (de Viena) e a Knut Olav Amas (de Bergen).

Agradeço ao dr. Benno Peter, da editora Haymon, pela realização dedicada e cuidadosa do trabalho de composição.

Agradeço aos administradores do espólio, prof. Georg Henrik von Wright, profa. dra. Elizabeth Anscombe, prof. Peter Winch e *sir* Anthony Kenny, por terem consentido a publicação.

Agradeço, também, ao fundo de incentivo à pesquisa científica pelo decisivo apoio financeiro ao projeto.

Innsbruck, janeiro de 1997

Diários
(1930-32/1936-37)

26/04/30

Sem um pouco de coragem não se pode nem mesmo escrever uma observação razoável acerca de si mesmo.

Às vezes creio.

Sofro de uma espécie de constipação mental. Ou é apenas uma ilusão semelhante a quando se tem vontade de vomitar ao passo que, na verdade, não há mais nada no estômago?

Estou com muita frequência ou quase sempre cheio de medo.

Meu cérebro é muito sensível. Hoje ganhei lenços de Marguerite pelo meu aniversário. Fiquei contente, no entanto qualquer palavra me agradaria mais & um beijo mais ainda.

Dentre todas as pessoas que [**2**] vivem agora, a perda dela é a que mais me afetaria, não digo isso de modo frívolo, pois eu a amo ou espero que a ame*.

---

* Há uma grande divergência entre a minha tradução desta passagem e a tradução francesa. Na tradução francesa de Cometti, lê-se: "Pour tous

Estou cansado & sem ideias, certamente é sempre assim nos primeiros dias após minha chegada até que me habitue ao clima. Mas certamente isso não significa que eu não esteja de certa forma diante de um período de vazio.

Para mim sempre é assustador pensar que minha profissão depende integralmente de um dom do qual posso ser privado a qualquer momento. Penso muito frequentemente, e sempre de novo, nisso & de alguma forma em como uma pessoa pode ser privada de tudo & que ela não sabe
3 tudo o que <u>tem</u> & que só [3] se apercebe do que é o mais essencial quando o perde repentinamente. E não o percebe justamente porque é tão essencial e, portanto, tão habitual. Como também não percebe que permanentemente respira até ter bronquite & ver que o que tomou por óbvio não é tão óbvio assim. E há ainda muito mais formas de bronquite mental.

Frequentemente sinto que algo em mim é como um grumo que se derretesse me faria chorar ou então encontrar as palavras certas (ou talvez até mesmo uma melodia). Mas esse algo (será o coração?) tem em mim a consistência de
4 couro & [4] não pode derreter. Ou será que eu é que sou covarde demais para deixar a temperatura subir o suficiente?

---

les hommes qui vivent à ce jour, la chose la plus pénible pour moi serait de les perdre, ce que je ne dis pas à la légère, car je les aime ou j'espère les aimer". Cometti traduz os pronomes pessoais *ihr* e *sie* como se eles dissessem respeito à terceira pessoa do plural, quando, creio, se trata do feminino da terceira pessoa do singular. (N. T.)

Há pessoas que são frágeis demais para quebrar. Também faço parte delas.

A única coisa em mim que talvez um dia possa se quebrar & isso eu temo às vezes é o meu entendimento.

Creio às vezes que meu cérebro um dia não suportará a exigência & cederá. Pois ele é terrivelmente exigido para suas forças – ao menos é assim que frequentemente me parece.

27/
Até aproximadamente meu 23º ano de vida me era [5] impossível dormir em uma cama sem nada em volta &, além disso, eu somente dormia com o rosto voltado para a parede. Não sei quando esse medo me abandonou. Terá sido somente na guerra?

Há alguns dias, sonhei o seguinte:
Eu conduzia uma mula da qual eu parecia ser o guardião. Primeiramente em uma rua – creio que em uma cidade oriental; depois eu a conduzia a um escritório onde tinha de ficar esperando em uma sala grande. Defronte desta havia ainda uma sala menor com muitas pessoas. A mula estava agitada & perturbada. Eu a mantinha sob rédea curta & pensava que gostaria que ela batesse com a cabeça na parede – junto à qual eu estava sentado – para que então se acalmasse. Eu falava [6] com ela o tempo todo & a chamava de "inspe-

tor". E esse me parecia ser um nome usual para uma mula, assim como se chama um cavalo de "baio" e um porco de "sujinho". E pensava: "se agora eu vier a ter cavalos os chamarei de inspetor" (isto é, tão acostumado estou com a palavra inspetor por causa da lida com as mulas). Apenas quando acordei é que me dei conta de que não se chama uma mula de "inspetor".

O espírito de Ramsey sempre foi repulsivo para mim. Quando vim para Cambridge há 15 meses, acreditava que não poderia relacionar-me com ele, pois eu guardava uma má recordação do nosso último encontro há mais ou menos 4 anos [7] na casa do Keynes em Sussex. Keynes a quem eu disse isso disse-me que acreditava que eu poderia sim conversar com ele & não apenas sobre lógica. E descobri que Keynes estava certo. Pois pude me entender muito bem com R. sobre várias coisas. Mas com o passar do tempo as coisas não foram realmente bem. A incapacidade de R. para um entusiasmo real ou para uma admiração real o que dá no mesmo passou enfim a repugnar-me mais & mais. Por outro lado, R. me inspirava um certo constrangimento. Ele era um crítico muito rápido & habilidoso quando lhe apresentavam ideias. Mas sua crítica não contribuía para nada apenas paralisava & intimidava. O curto espaço de tempo como Schopenhauer o chama entre os dois longos [8] períodos nos quais uma verdade aparece para os homens, primeiramente como paradoxal,

& então como trivial era para R. apenas um ponto. Assim, primeiro nós nos esfalfávamos inutilmente para elucidar-lhe algo até que então, de repente, ele dava de ombros & dizia que isso era evidente. No entanto, não estava sendo insincero. Ele tinha uma <u>mente</u> horrorosa. Mas não uma alma horrorosa. Apreciava música verdadeiramente & a compreendia. E isso se via no efeito que ela produzia nele. Acerca do último movimento de um dos últimos quartetos de Beethoven que ele amava mais do que talvez qualquer outro, ele me disse que ao escutá-lo sentia que os céus estariam se abrindo. <u>E isso significava algo</u> quando era dito por ele[1].

9

É certo que Freud se engana muito frequentemente & no que diz respeito ao seu caráter ele chega a ser um canalha ou algo parecido, mas o que ele diz é muito importante. E o mesmo é verdadeiro sobre mim. There is a <u>lot</u> in what I say*.

Gosto de me demorar. Talvez agora não tanto quanto antigamente.

28/

Frequentemente penso que o ponto mais elevado que eu gostaria de atingir seria compor uma melodia. Ou fico admirado que em minha ânsia por uma melodia nunca te-

---

1. [<u>von ihm</u> | wenn er es sagte] (de sua parte | quando ele diz que)
* Em inglês, no original. (N. T.)

nha me ocorrido uma. Mas então tenho de dizer a mim mesmo que é completamente impossível que alguma vez me ocorra uma, pois para isso falta-me algo essencial ou o essencial. Se isso [10] paira sobre mim como um ideal tão elevado é porque eu poderia então, de alguma maneira, resumir a minha vida; e apresentá-la em forma de cristal. E mesmo se fosse somente um pequeno e mesquinho cristal, ainda assim seria um cristal.

29/
Somente me sinto bem quando, em certo sentido, estou entusiasmado. E então tenho novamente medo do colapso desse entusiasmo.

Hoje a senhora Moore mostrou-me uma crítica estúpida a uma execução da 4ª Sinfonia de Bruckner em que o crítico insulta Bruckner & também fala desrespeitosamente sobre Brahms & Wagner. Primeiramente isso não me causou nenhuma impressão pois é natural que tudo [11] – grande & pequeno – provoque o latido dos cães. Depois, contudo, passou a me afligir. Em certo sentido sinto-me (estranhamente) tocado quando penso que o espírito nunca será compreendido.

30/
Estéril & indolente. A propósito do espiritual: Sempre penso: essas grandes pessoas sofreram de maneira tão intensa para que hoje um imbecil apareça & dê sua opinião sobre

elas. Esse pensamento frequentemente me enche de um tipo de desesperança. – Ontem estava sentado por um tempo no jardim do Trinity & lá pensava curioso como o bom desenvolvimento corporal de todas essas pessoas é acompanhado de uma completa falta de espírito (Não estou falando de falta de [12] inteligência) E como, por outro lado, um tema de Brahms é pleno de força, graça & entusiasmo ao passo que o próprio Brahms tinha barriga. Em contraposição, o espírito dos contemporâneos não tem molas nos pés.

Eu gostaria de apenas comer & dormir durante todo o dia. É como se meu espírito estivesse cansado. Mas do quê? Em todos esses dias eu não trabalhei de verdade. Sinto-me idiota & covarde.

01/05

Demora extraordinariamente muito até que algo fique claro para mim. – Isso é verdadeiro nos mais diversos domínios. Por exemplo, minha relação com as pessoas torna-se clara para mim apenas após um longo tempo. É como se fosse preciso um tempo colossal para que a densa neblina se disperse [13] & o próprio objeto se torne visível. Durante esse tempo, entretanto, não chego a ter total e clara consciência de minha falta de clareza. E de uma só vez vejo então como a coisa realmente é ou era. Por isso sou[2] sempre

---

2. [wäre | bin] (seria | sou)

inútil nas situações que requerem decisões razoavelmente urgentes. Fico, por assim dizer, cego por algum tempo & só então consigo ver com clareza.

02/05

Em meus cursos eu procurava frequentemente ganhar a simpatia de meus ouvintes expressando-me de forma engraçada; procurava entretê-los para que espontaneamente me dessem ouvidos. Isso é certamente algo ruim.

Sofro frequentemente com o [**14**] pensamento de quanto o êxito ou o valor daquilo que faço depende de minha disposição. Mais do que no caso de um cantor de ópera. Nada está por assim dizer armazenado em mim; quase tudo tem de ser produzido no momento. Isto é – creio eu – um tipo muito inusual de ocupação ou de vida.

Como sou muito fraco, sou tremendamente dependente da opinião dos outros. Pelo menos no momento de agir. A não ser que eu tenha um longo período para me recuperar.

Uma palavra amistosa que alguém me diga ou um sorriso amigável atuam de maneira agradável sobre mim durante longo tempo, encorajando-me e dando-me segurança & uma [**15**] palavra desagradável, isto é, não amistosa me oprime também por um longo período.

O que mais me faz bem é, então, ficar sozinho no meu quarto onde recupero novamente meu equilíbrio. Pelo menos o equilíbrio espiritual mesmo que os nervos ainda preservem a impressão.

O meu melhor estado é o do entusiasmo porque ele consome ao menos em parte os pensamentos ridículos & os torna inofensivos.

Tudo ou quase tudo o que faço incluindo essas anotações é marcado pela vaidade & o melhor que posso fazer é como que separar, isolar a vaidade & apesar dela fazer o certo ainda que ela esteja sempre observando. Negá-la não posso. Só às vezes [**16**] ela não está presente.

16

Amo muito Marguerite & tenho muito medo de que ela não esteja bem de saúde já que há mais de uma semana não recebo nenhuma carta dela. Não paro de pensar nela quando estou sozinho & também quando não estou. Se eu fosse mais decente então meu amor por ela também seria mais decente. E, contudo, eu a amo agora tão profundamente quanto posso. Em profundidade talvez não me falte nada. Mas em decência.

06/05

Estou lendo a *Decadência* de Spengler etc. & encontro no livro apesar das numerosas coisas irresponsáveis em relação aos detalhes <u>muitos</u> pensamentos reais e significativos.

17 Muitas coisas, talvez a maior parte, [17] coincidem totalmente com o que eu mesmo muitas vezes pensei. A possibilidade de uma pluralidade de sistemas fechados que uma vez observados é como se um fosse a continuação do outro.

E tudo isso está ligado à ideia de que não sabemos (refletimos) de modo algum sobre o quanto se pode tomar do homem – ou dar a ele.

Recentemente li por acaso em *Os Buddenbrooks* acerca do tifo & de como Hanno B. em sua doença terminal não reconhecia mais ninguém, salvo um amigo. E então me dei conta de que comumente encaramos & julgamos isso como
18 algo óbvio, [18] evidentemente se o cérebro estiver tão perturbado, então isso só poderá ser natural. Porém, na realidade, não é habitual que vejamos pessoas & não as reconheçamos, mas o que nós chamamos de "reconhecer" é apenas uma capacidade especial que poderíamos muito bem perder sem que tivéssemos de ser considerados como de menor valor. Quero dizer: Parece-nos óbvio que "reconheçamos" pessoas & uma grande perturbação quando não as reconhecemos. Mas esse tijolo pode muito bem faltar no edifício sem se falar em ruína*. (Essa ideia é, de novo, muito próxima da
19 de Freud [19], aquela referente aos atos falhos)

---

* Wittgenstein faz uso aqui dos dois sentidos correlacionados do termo *Zerrütung*: ruína física e perturbação mental. (N. T.)

Isto é, consideramos óbvio tudo o que <u>temos</u> & não sabemos que podemos ser completos também sem isso ou aquilo que não reconhecemos como uma capacidade especial porque parece pertencer à completude de nosso entendimento.

É uma pena que Spengler não tenha permanecido com suas boas ideias & tenha ido mais longe do que poderia ter feito de maneira responsável. Entretanto, uma maior precisão teria tornado seu pensamento mais difícil de ser compreendido mas também lhe conferiria eficácia realmente duradoura. Assim, a ideia de que os [**20**] instrumentos de corda tenham adquirido sua forma <u>definitiva</u> entre 1500 e 1600 é de um alcance <u>imenso</u> (& de valor simbólico). Acontece que a maior parte das pessoas não vê nada em uma ideia como essa quando ela lhes é apresentada sem muitos enfeites. É como se alguém acreditasse que um ser humano sempre continua se desenvolvendo de maneira ilimitada & lhe fosse dito: veja, a moleira de uma criança fecha-se com ... anos & isso lhe mostra que o desenvolvimento chega ao fim em todos os lugares e que tudo o que se desenvolve será um dia um todo fechado & pleno, e não uma salsicha que pode ser alongada tanto quanto se queira.

Quando há 16 anos tive a ideia de que a lei da causalidade é em si mesma desprovida de importância & de que há uma contemplação do mundo que não a leva em consideração tive a sensação do despontar de uma nova era.

Sob certo ponto de vista, devo ser uma pessoa muito moderna, uma vez que o cinema atua sobre mim de uma maneira tão extraordinariamente benéfica. Não consigo imaginar nenhum descanso do espírito que me fosse mais adequado do que um filme americano. O que vejo & a música dão-me uma sensação espiritual talvez[3] em um sentido infantil, mas nem por isso naturalmente menos intenso. Como eu frequentemente pensei & disse [**22**] o filme é em geral algo muito semelhante ao sonho e as ideias de Freud[4] podem ser aplicadas imediatamente a ele.

Uma descoberta não é grande nem pequena; tudo depende do que ela significa para nós.

Vemos na descoberta copernicana algo grandioso – porque sabemos que ela significava algo grandioso em seu tempo & talvez também porque um eco desse significado ainda chegue até nós – &, então concluímos, *per analogiam**, que as descobertas de Einstein etc. são algo pelo menos tão grandioso quanto. Mas elas são – ainda que com um valor prático tão grande, inte[**23**]resses variados etc. – apenas tão grandiosas quanto significativas (simbólicas). Acontece aqui naturalmente o mesmo que – por exemplo – com o heroísmo.

---

3. [etwa | vielleicht] (como | talvez)
4. [Methoden | Gedanken] (métodos | ideias)
* Em latim, no original. (N. T.)

Uma ação armada de tempos antigos é – com razão – enaltecida como um ato heroico. Mas é totalmente possível que uma ação armada tão ou mais difícil que aquela seja hoje apenas um esporte e receba injustamente o nome de ato heroico. A dificuldade, o significado prático tudo isso pode, por assim dizer, ser avaliado de fora; a <u>grandeza</u> o heroísmo é determinado pela <u>importância</u> que a ação possui. Pelo *páthos* que está ligado ao modo de agir.

Mas uma vez que um período de tempo determinado de uma determinada raça liga seu *páthos* a determinados modos de agir os homens são [**24**] induzidos ao erro & acreditam que a grandeza, a importância reside necessariamente em cada modo de agir. E essa crença é então sempre conduzida *ad absurdum* quando, por meio de uma reviravolta, ocorre uma transvaloração dos valores, quer dizer, o verdadeiro *páthos* liga-se a um outro modo de agir. Então as velhas aparências, agora sem valor, permanecem – provavelmente sempre – em circulação & são usadas para coisas grandiosas & importantes por pessoas não totalmente honestas até que a nova <u>compreensão</u> se torne novamente trivial e se possa dizer "<u>naturalmente</u> essas velhas aparências não valem nada".

O ato de beber é em certo tempo um símbolo e em outro bebedeira.

Isto é, o nimbo, particularmente o verdadeiro[**25**] nimbo não está ligado ao fato externo, isto é, ao fato.

Ensinando filosofia pode-se frequentemente dizer "São os próprios patifes que nos tornam canalhas!".

08/
Nunca fiz uma travessura & provavelmente nunca farei. Não é da minha natureza. (Não considero isso, como tudo o que é natural, nem um defeito nem uma qualidade)

09/
Estou muito apaixonado por R. com certeza já há algum tempo, mas agora de uma maneira especialmente forte. Entretanto, sei que com toda probabilidade a coisa é sem esperança. Isto é, tenho de estar preparado para o fato de que a qualquer momento [**26**] ela fique noiva & se case. E sei que isso será <u>muito</u> doloroso para mim. Sei também que eu não devo me pendurar com todo meu peso nessa corda, pois sei que ela acabará por ceder. Isso significa que devo permanecer com ambos os pés no chão firme & apenas segurar a corda, mas não me pendurar nela. Mas isso é difícil. É difícil amar de uma maneira tão altruísta que se mantenha o amor sem que se queira ser mantido por ele. – É difícil manter o amor de uma tal forma que quando ele dá errado não o vejamos como um jogo perdido, mas possamos dizer: eu estava preparado para isso & está tudo bem assim. Alguém poderia dizer "se você nunca monta no cavalo e então confia [**27**] plenamente nele certamente nunca será derrubado mas também nunca poderá esperar um dia vir a cavalgá-lo. E quanto

a isso somente podemos dizer: Você deve dedicar-se totalmente ao cavalo & mesmo assim estar preparado para o fato de poder ser derrubado a qualquer momento.

Frequentemente acreditamos – e eu mesmo cometo frequentemente esse erro – que podemos escrever tudo o que pensamos. Na verdade, somente podemos escrever – isto é, sem fazer algo estúpido & inadequado – aquilo que surge em nós na forma escrita. Tudo o mais parece ridículo & como que lixo[5]. Quer dizer, algo que deve ser apagado por meio de uma limpeza.

Vischer dizia: "um discurso oral não é um texto escrito" e um pensamento é menos ainda.

(Sempre fico contente de poder começar uma nova página.)

Penso: Poderei ter novamente R. em meus braços & beijá-la? E tenho também de estar preparado & me acostumar com a ideia de que isso não ocorrerá.

Estilo é a expressão de uma necessidade humana universal. Isso vale para o estilo da escrita como para o estilo da construção (e para qualquer outro).
Estilo é a necessidade universal vista *sub specie eterni*.

---

5. [Schmutz | Dreck] (sujeira | lixo)

Gretl fez uma vez uma boa observação sobre Clara Schumann: falávamos que – tal como nos parecia – certamente faltava a ela algo de humano, falávamos sobre seu pudor excessivo etc. Então Gretl [**29**] disse "ela simplesmente não era o que Ebner-Eschenbach era" e isso diz tudo.

Loos, Spengler, Freud & eu pertencemos todos à mesma classe que é característica dessa época.

12/

Sempre tenho medo antes de minhas aulas apesar de até agora tudo ter corrido muito bem. Esse medo se apossa de mim como uma doença. Ele é, aliás, nada senão medo de prova.

A aula foi mediana. Já estou cansado. Nenhum de meus ouvintes imagina como meu cérebro tem de trabalhar para fazer o que faz. Quando meu desempenho não é de primeira ordem, ainda assim é o máximo que posso fazer.

16/

Creio que hoje faz parte do heroísmo <u>não</u> ver as coisas como símbolos no sentido de Krauss. Isso significa libertar-se de uma simbólica que pode se tornar rotina. Isso certamente significa não tentar vê-la de maneira rasa, mas fazer com que as nuvens do, por assim dizer, simbolismo barato voltem a se evaporar em uma esfera mais elevada (de modo que o ar torne-se novamente transparente)

É difícil hoje em dia não ceder a esse simbolismo.

Meu livro, o *Tractatus Logico-Philosophicus**, contém, ao lado de coisas boas & autênticas, também coisas *kitsch*, isto é, passagens com as quais preenchi lacunas e, por assim dizer, [**31**] em meu próprio estilo. Não sei quanto do livro é constituído por essas passagens & agora é difícil avaliá-lo de maneira correta.

26/05

Um homem com mais talento do que eu é aquele que está acordado quando[6] estou dormindo. E eu durmo muito, por isso é fácil ter mais talento do que eu.

02/10

Cheguei a Cambridge. Parti de Viena no dia 26 para a casa da tia Clara em Thumersbach & mesmo não tendo sido lá tudo tão absolutamente magnífico como de costume em Laxenburg ainda assim foi bom & parti com bons sentimentos. Na noite do dia 27 cheguei a Gottlieben & primeiramente o clima estava tenso, pois havia muitas [**32**] coisas

---

* No original Wittgenstein escreve o nome alemão da obra (*Logisch-philosophische Abhandlung*), e não o nome latino, corrente entre nós. (N. T)
6. [wo | wenn] (onde | quando)

não esclarecidas no ar & ficamos sentados no carro em que ela me apanhou & no jantar ficamos calados ou falamos de coisas sem importância. E com muitas interrupções, ou então com fluência forçada como fazemos quando coisas realmente pesadas fazem pressão dentro de nós. Após o jantar comecei a falar sobre sua última carta. Disse que um certo tom de triunfo presente na carta me pareceu falso. Que se tudo estivesse em ordem ela não teria escrito em tom triunfal, pois teria visto então também as dificuldades & aceito o que é agradável como uma graça dos céus. Pedi-lhe que fosse o mais rapidamente possível [**33**] para Viena e que trabalhasse lá. Apenas depois de nós (especialmente eu) já termos falado realmente muito é que vi que ela estava muito infeliz. No fundo ela só pensava no casamento. Isso parecia ser para ela a única solução de verdade. Segundo ela era disso que precisava & de nada mais. Pedi que tivesse paciência. O certo para ela – o adequado – iria aparecer. Ela deveria agora antes de tudo voltar a trabalhar decentemente & esperar o resto. Apenas um trabalho decente lhe tornaria tudo mais claro & mais facilmente suportável. – Durante essa conversa ela voltou a ficar realmente estranha comigo evitando meus beijos [**34**], mostrando um olhar realmente sombrio & me olhando de lado, coisa que nunca a vi fazer & que de certo modo me assustou. Ela parecia fria em relação a mim, amarga & infeliz & quase ausente. Na manhã seguinte foi melhor. Demos um passeio & conversamos um pouco. Ela estava mais acessível e mais cordial. Estava agora decidida a ir para Viena & no geral parecia mais calma. Mas à noite, após uma outra conversa séria, ela começou a chorar. Segurei-a em meus braços & ela chorou nos meus ombros. Mas foi um choro bom, e ela ficou mais terna & um pouco mais aliviada. Na manhã seguinte, decidi ficar mais um dia [**35**] contrariamente ao meu plano inicial. Tive a sensação de que seria bom para ela (& bom de modo geral) Ela também – creio eu – ficou feliz com isso. De tarde fomos a Konstanz para enviar um pacote com dois suéteres que ela havia tricotado para Talla. Eu tive de reprimir um certo ciúme ou então um sentimento semelhante a ele. Por causa ou talvez em reação às agitações anteriores (pois tudo foi extremamente fatigante para mim), senti um vivo mau humor a caminho de casa & acabei chorando um pouco. Pedi a M. que fosse na frente & fui depois. Poder ficar sozinho foi um alívio para mim. Em casa ainda tive [**36**] taquicardia & me recolhi em meu quarto onde fiquei me sentindo um tanto miserável. Então, ainda nervoso, fui encontrar M. no salão onde costumávamos ficar juntos. Ela ficou consternada (receosa) em relação a meu estado, mas esse logo foi ficando melhor talvez por eu ter sentido sua compaixão. Nessa noite nossa relação estava tão boa & íntima como antigamente. Eu a segurei em meus braços & nós nos beijamos <u>longamente</u> & fiquei feliz por não ter ido embora. Mas no dia seguinte chegou uma carta de Talla & ela provocou uma reviravolta ou um contragolpe

37 nos ânimos. De tarde [**37**] levei-a num barco a remo pelo rio Reno até uma pequena ilha em que os bambus crescem por toda parte & remei para dentro de um bambuzal coisa que adoro fazer. E lá ficamos sentados no barco, conversando longamente sobre nossa relação. Ela disse que eu significava muito pouco para ela quando estava ausente. E que não compreendia de modo algum sua relação comigo. Que ela, por exemplo, me deixava beijá-la e me beijava, algo que com qualquer outro a faria recuar assustada, & que não entende por que comigo consegue. Esclareci a ela tão bem quanto pude alguns pontos. Viajamos juntos para Basileia, onde ela tinha algo para fazer & ela esperou comigo na estação até meu trem

38 partir para [**38**] Bolonha. Durante essa viagem para Basileia seu humor foi piorando cada vez mais. Ela foi ficando de novo sombria & triste. Não sei se por causa do conteúdo da carta de Talla ou pura e simplesmente pelo fato de a carta ter chegado & a ter advertido sobre os seus desejos vãos. Segurei ininterruptamente suas mãos e tentava de tempos em tempos encorajá-la apenas para – ainda que[7] inconscientemente – dar-lhe um pequeno apoio. Beijamo-nos na última despedida, mas eu parti com o coração pesado & com a sensação de não a haver deixado bem. Cheguei ontem à tarde a

39 Londres & fui logo ao encontro de Murakami, cujo [**39**] jeito bom e cordial me ajudou. Então à noite encontrei-me com

---

7. [beinahe | wenn auch] (quase | ainda que)

Gilbert & nos divertimos de verdade ainda que minha sensação de peso não tenha me abandonado como é natural. Hoje de manhã escrevi uma longa carta a Gretl na qual descrevi tão bem quanto pude os resultados de minha estada junto a M. & também a estada mesma. Então fui para Cambridge, onde estou morando na casa de Lettice que é muito amável & boa comigo. Contei a ela sobre Marguerite & nossas dificuldades. – Não tenho clareza acerca do significado de todas as minhas experiências com M. Não sei aonde isso irá conduzir nem o que devo fazer para influenciar as coisas no melhor sentido e também meu egoísmo se mistura na maioria das vezes [**40**] aos meus pensamentos & talvez confunda tudo embora eu não enxergue isso com clareza.

03/

Escrevi para M. Seguro – em pensamentos – sua mão, como fiz na viagem para Basileia, apesar de saber que ela não estava pensando em mim, só para que ela inconscientemente tivesse um apoio ou ajuda. Ou talvez para que se lembrasse disso com bons sentimentos.

04/

Estou triste com a ideia de não poder ajudar M. Estou muito fraco & <u>instável</u>. Se eu, com a ajuda de Deus* perma-

---

* Wittgenstein escreve simplesmente *d. G.H.*, o que é interpretado pelo editor alemão como abreviatura para *durch Gottes Hilfe* (com a ajuda de

necer forte possa talvez ajudá-la. – É possível que o que ela precisa seja, antes de tudo, um calço forte & estável que permaneça firme [**41**] quando ela balançar. Se terei forças para isso? E a necessária fidelidade? Que Deus me dê o necessário.

Eu não deveria me espantar se a música do futuro fosse monofônica. Ou isso é somente porque não consigo imaginar claramente muitas vozes? Em todo caso não consigo pensar que as antigas <u>grandes</u> formas (quarteto de cordas, sinfonia, oratório etc.) venham a desempenhar algum papel. Se algo vier então terá de ser – creio – simples, <u>transparente</u>.

Nu em um certo sentido.

Ou isso valerá apenas para uma certa raça, apenas para <u>um</u> tipo de música?

07/10

Estou procurando um apartamento & me sinto miserável & intranquilo. Incapaz de me aquietar. Não recebi nenhuma carta de M. & isso também me inquieta. <u>Terrível</u> que não haja nenhuma possibilidade de ajudá-la ou que eu não saiba como é possível ajudá-la. Não sei quais palavras lhe fariam bem ou se o melhor para ela seria não ouvir nada de mim. Que palavra ela não interpretaria equivocadamente? A que palavra daria ouvidos? Pode-se quase sempre res-

---

Deus). O contexto mostra que a interpretação do editor é totalmente plausível e razoável. (N. T.)

ponder de duas maneiras & no final é preciso deixar nas
mãos de Deus.

Tenho refletido algumas vezes acerca da minha estranha relação com Moore. Eu o tenho em alta conta [**43**] & tenho por ele uma certa simpatia que não é pequena. E ele? Ele aprecia muito minha inteligência, meu talento filosófico, isto é, acha que sou muito inteligente, mas sua simpatia por mim é provavelmente <u>bem</u> pequena. E isso é mais uma construção minha do que um sentimento, pois ele é cordial comigo como o é com todos, & se ele é diferente com diferentes pessoas então não percebo a diferença pois são justamente essas nuanças que não compreendo. Sou ativo ou agressivo, enquanto ele é passivo & por isso não percebo durante nossos contatos o quanto lhe sou estranho. Ele me lembra minha irmã Helene que se relaciona com as pessoas da mesma maneira. Ocorre, então, a embaraçosa [**44**] situação em que sentimos que nos impusemos às pessoas sem que tenhamos querido ou sabido. De repente percebemos que as relações que mantemos com elas não são as que supúnhamos, pois elas não correspondem aos sentimentos que lhes dedicamos; mas não nos demos conta, pois a diferença de papéis na relação é, em todo caso, tão grande que pode facilmente esconder nuanças de simpatia & antipatia. Hoje perguntei a Moore se ficaria contente se eu fosse vê-lo regularmente (como no ano passado) & lhe disse que não ficaria ofendido qualquer que fosse a resposta. Ele disse que ele próprio não sabia & eu: ele deveria refletir & me dizer; coisa que me prometeu fazer. Eu disse [**45**] que não poderia prometer que a resposta não me deixaria triste, mas que ela não me ofenderia. – E creio que a vontade de Deus está comigo, que devo poder escutar & <u>suportar</u> isso.

Não paro de achar que <u>sou ou devo ser</u> uma espécie de[8] Peter Schlemihl, & se esse nome não quer dizer nada além de pé-frio, então isso significa que ele deve[9] ter ficado feliz por meio da infelicidade exterior.

08/10

No novo apartamento, que ainda não está ajustado a mim, como um terno novo. Sinto frio & desconforto. Escrevo isto apenas para escrever alguma coisa & para conversar comigo mesmo. Eu poderia dizer: agora finalmente estou [**46**] sozinho comigo mesmo & aos poucos tenho de começar a conversar comigo.

Na civilização das <u>grandes cidades</u> o espírito só pode se comprimir em um canto. Entretanto, <u>nela</u> ele não é porventura atávico & supérfluo mas flutua sobre as cinzas da cultura como uma (<u>eterna</u>) testemunha – quase como vingador da divindade[10].

---

8. [<u>ähnlich dem</u> | eine Art] (parecido com | uma espécie de)
9. [muß. | soll.] (tem de | deve)
10. [Gottes. | der Gottheit.] (de Deus | da divindade)

Como se ele esperasse uma[11] nova personificação (em uma nova cultura)

Qual deveria ser o aspecto do grande satirista deste tempo?

Passaram-se 3 semanas desde que pensei em filosofia, mas qualquer pensamento acerca dela me é tão estranho como se durante anos eu não tivesse mais pensado [47] em tais coisas. Quero, em minha primeira aula, falar sobre as dificuldades específicas da filosofia & tenho a sensação: como posso falar algo sobre a filosofia, eu não a conheço mais.

09/
Apesar de estar com pessoas realmente amigáveis (ou talvez precisamente por isso?), sinto-me continuamente perturbado – apesar de elas não me perturbarem com ações – & não posso voltar-me para mim mesmo. Isso é um estado abominável. Cada palavra que as ouço dizer me perturba. Sinto-me cercado & impedido de começar a trabalhar[12].

Em meu quarto não me sinto sozinho mas exilado.

16/
No geral estou me sentindo um pouco melhor. Ainda não posso trabalhar para mim & isso em parte gera em mim a discrepância entre o modo de expressão em inglês & em

---
11. [seine | eine] (sua | uma)
12. [zur Ruhe | zum Arbeiten] (de encontrar a calma | de começar a trabalhar)

alemão. Só posso realmente trabalhar quando posso falar continuamente comigo mesmo em alemão. Para minhas aulas tenho, entretanto, de organizar as coisas em inglês & assim sou perturbado em meu pensamento em alemão; pelo menos até que se tenha criado um estado de paz entre ambos & isso demora algum tempo, provavelmente muito tempo.

Estou em condição de me acomodar a todas as situações. Quando vou para um apartamento novo, entre outras circunstâncias, tento [**49**] o mais rápido possível desenvolver uma técnica para suportar os diversos incômodos e evitar atritos: eu me adapto às circunstâncias dadas. Assim pouco a pouco adapto-me também ao pensamento só que isso não ocorre simplesmente por meio de um certo grau de superação de si & de entendimento, mas tem de se formar & se compor a partir de si mesmo. Como afinal adormecer nessa situação forçada. E poder trabalhar assemelha-se em tantos aspectos ao poder adormecer. Se pensarmos na definição freudiana de sono, poderíamos dizer que em ambas as coisas trata-se de um deslocamento massivo do interesse. (Em um caso trata-se de uma mera retirada [**50**] em outro de uma retirada, & concentração em outro lugar)

Mais tarde Moore respondeu à minha pergunta dizendo que não gosta propriamente de mim, mas que a convivência comigo lhe faz tão bem que ele acha que deve prosseguir com ela. Este é um caso singular.

Em geral sou mais respeitado que amado. (E tal respeito, naturalmente, infundado) ao passo que deve haver alguma razão para se gostar de mim.

Creio que meu dispositivo de pensamento é construído de maneira extraordinariamente complexa & s̲u̲t̲i̲l̲ sendo por isso mais sensível [**51**] do que o habitual. Muitas coisas o perturbam, coisas que não perturbariam um mecanismo mais grosseiro o colocam fora de a̲ç̲ã̲o̲. Como um grão de areia que pode fazer parar um instrumento delicado, mas não influencia um mais grosseiro.

É curioso, estranho, como me deixa feliz poder escrever novamente alguma coisa sobre lógica apesar de a minha observação não ser especialmente inspirada. Mas o mero fato de poder ficar sozinho com ela me infunde o sentimento de felicidade. Poder estar de novo protegido, de novo em casa, de novo no calor, é tudo a que meu coração aspira & que lhe faz tanto bem.

18/
O estilo na escrita é um tipo de máscara atrás da qual o coração faz as caretas que ele quer.

A verdadeira modéstia é um assunto religioso.

19/

Quando a gente conversa com pessoas que realmente não compreendem a gente sente sempre que *has made a fool of oneself**, pelo menos eu. E isso sempre volta a acontecer comigo. Temos a escolha entre o estranhamento <u>total</u> & essa experiência desagradável. E eu poderia de fato dizer: Tenho também aqui uma ou outra pessoa com a qual posso conversar sem correr esse risco; & por que não me afasto totalmente das outras? Mas isso é difícil & antinatural para mim. A dificuldade reside em conversar amigavelmente com uma pessoa sem tocar [**53**] em pontos que possam gerar mal-entendidos. Conversar seriamente & de tal modo que não se toque em coisas irrelevantes que possam conduzir a mal-entendidos. Isso me é quase impossível.

22/

Nosso tempo é realmente um tempo de transvaloração de todos os valores. (A procissão da humanidade dobra <u>uma esquina</u> & o que antes era a direção para cima é agora a direção para baixo etc.) Nietzsche prefigurou o que acontece agora & seu mérito consiste em tê-lo pressentido & ter encontrado para isso uma expressão?

Também na arte há pessoas que acreditam poder alcançar à força a vida eterna por meio de boas obras & outras que se jogam nos braços [**54**] da graça.

---

* Em inglês, no original. (N. T.)

Quando sinto algo, como hoje, por exemplo, uma inflamação de garganta, fico imediatamente com muito medo, penso no que ocorrerá se piorar & que preciso de um médico & que os médicos daqui não valem nada e que terei de suspender minhas aulas por um longo período etc. – como se o bom Deus tivesse fechado um contrato comigo para me deixar aqui sem perturbações. Se vejo esse medo nos outros, então digo "temos de aceitar as coisas"; contudo, para mim mesmo é muito difícil me preparar para aceitar em lugar de desfrutar.

Gostamos de ver o heroísmo nos outros como um espetáculo (que nos é oferecido), mas sermos nós mesmos heróis mesmo que [55] em pequena dimensão tem um outro sabor.

Sob uma luz transparente o heroísmo tem uma cor diferente do que a que tem sob uma luz chamativa. (ruim)

A diferença é antes aquela existente entre um prato que vemos e um que comemos. Porque aqui a experiência é de fato totalmente diferente.

01/11
O que me perturba o sono me perturba também o trabalho. Assovios & conversas, mas não o barulho de máquinas, ou melhor, este muito menos.

09/
Patriotismo é o amor a uma ideia.

1/

Sob muitos pontos de vista, o sono & o trabalho intelectual se assemelham. Manifestamente em função de ambos [**56**] implicarem uma ausência de atenção em relação a certas coisas.

2/

Um ser que esteja em ligação com Deus é forte.

16/01/31

Em minha vida existe uma tendência de basear esta vida no fato de que sou muito mais inteligente do que os outros[13] Se, porém, essa suposição ameaça desmoronar se eu vir o quanto sou menos inteligente do que as outras pessoas somente então terei consciência de quão falso esse fundamento é, mesmo que a suposição seja ou fosse verdadeira. Se me digo: tenho de [**57**] imaginar de uma vez por todas que todas as outras pessoas são tão inteligentes quanto eu – com o que renuncio, por assim dizer, às vantagens do nascimento, da riqueza herdada. – Veremos então quão longe consigo chegar somente por meio da bondade, se me digo isso então me torno consciente da minha pequenez.

Ou devo dizer: quanto daquilo que estou inclinado a tomar por uma marca de caráter é meramente o resultado de um talento mesquinho!

---

13. [als meine Mitmenschen | als die Anderen] (que as pessoas próximas a mim | que os outros)

É quase como se uma pessoa contemplasse as medalhas por bravura [**58**] em seu uniforme de guerra & dissesse para si: "sou mesmo um sujeito completo" Até que a pessoa percebe as mesmas medalhas em muitas pessoas & acaba tendo de dizer que elas não eram a recompensa pela bravura, mas sim o reconhecimento de determinada habilidade.

Sempre quando eu gostaria de me sentir como mestre, sinto-me como um escolar.

Como um escolar que acreditava saber muito & descobre que, em comparação com os outros, não sabe absolutamente nada.

Sábado, 17/

Está sendo difícil [**59**] trabalhar, quer dizer, preparar meu curso – ainda que já esteja mais do que na hora –, pois meus pensamentos estão na minha relação com Marguerite. Em uma relação na qual somente posso obter satisfação daquilo que dou. Tenho de pedir a Deus para que ele me deixe trabalhar.

27/

A música das épocas passadas[14] corresponde sempre a certas máximas acerca do que é bom & correto nessa mesma época. Assim, reconhecemos em Brahms os mesmos

---

14. [aller Zeiten | der vergangenen Zeiten] (de todas as épocas | de épocas passadas)

princípios de Keller etc. etc. E por isso a boa música[15] que foi criada hoje ou há pouco tempo, sendo, portanto, moderna, tem de parecer absurda, pois se ela corresponde a alguma das máximas <u>enunciadas</u> hoje em dia [**60**] então ela tem de ser lixo. Essa proposição não é fácil de ser compreendida, mas é assim: nenhuma pessoa é inteligente o bastante para formular o que seria o correto hoje & <u>todas</u> as fórmulas, as máximas que são enunciadas são absurdas. A verdade pareceria <u>completamente</u> paradoxal para todas as pessoas. E o compositor que a sente em si tem de estar com seu sentimento em contradição com tudo o que é agora dito & tem, portanto, de parecer absurdo e idiota segundo os padrões contemporâneos. Mas não de um absurdo <u>atraente</u> (pois isso, é o que no fundo corresponde à concepção de hoje em dia), mas de um que <u>nada diz</u>. Labor é um exemplo disso no ponto em que realmente [**61**] criou algo significativo como em algumas, poucas, peças.

Poder-se-ia imaginar um mundo no qual as pessoas religiosas se diferenciariam das não religiosas unicamente porque ao andar as primeiras teriam o olhar voltado para cima, enquanto as últimas olhariam para frente. E aqui o olhar para cima é realmente parecido com nossos gestos religiosos, mas isso não é essencial & as pessoas religiosas poderiam, ao contrário, ter de olhar para frente etc. Penso que a religiosidade nesse caso não apareceria expressa por meio de palavras &

---

15. [eine Musik| gute Musik] (uma música | boa música)

que aqueles gestos diriam tanto & tão pouco quanto as palavras de nossos escritos religiosos.

01/02

Minha irmã Gretl fez uma vez uma observação excelente sobre Clara Schumann. Falávamos de um traço de pudor excessivo em sua personalidade & que lhe faltava alguma coisa & Gretl disse: "ela não tem o que Ebner-Eschenbach tem". E isso resume tudo.

Pode-se dizer: falta-lhe genialidade? – Labor contou-me uma vez que ela teria manifestado em sua presença uma dúvida acerca de se um cego pode fazer isso ou aquilo em música. Não sei mais o que era. Labor ficou evidentemente indignado & me disse "mas é claro que pode". E pensei: que significativo [**63**] com todo tato que ela tem que tenha feito uma observação meio depreciativa e meio lamentável sobre um músico cego. – Isso é o mau século XIX, Ebner-Eschenbach nunca teria feito isso.

05/

Somos prisioneiros em nossa pele.

07/

Preciso de extraordinariamente muita energia para poder dar minha aula. Vejo isso quando estou minimamente indolente & mesmo assim incapaz de me preparar para a aula.

64   As três variações antes da entrada do coro na [**64**] "Nona Sinfonia" poderiam ser chamadas de pré-primavera da alegria, sua primavera e seu verão.

Se meu nome sobreviver, então somente como o *terminus ad quem** da grande filosofia ocidental. Quase como o nome daquele que queimou[16] a Biblioteca de Alexandria.

08/
Tendo um pouco à sentimentalidade. E não a relações sentimentais. – Também não à linguagem.

Nada me parece mais definitivamente prejudicial para a memória de uma pessoa do que a presunção. Mesmo quando ela surge sob a roupagem da modéstia.

65

Com o avanço da idade vou me tornando cada vez mais míope em lógica.

Minha força para ter uma visão de conjunto está desvanecendo. E meu pensamento está se tornando asmático.

A tarefa da filosofia é acalmar o espírito sobre as questões insignificantes. Quem não tende a tais questões não precisa da filosofia.

---

* Em latim, no original. (N. T.)
16. [angezündet | verbrannt] (botou fogo | queimou)

09/

Meus pensamentos são tão efêmeros, evaporam-se tão rapidamente quanto os sonhos, que têm de ser anotados imediatamente após o despertar se não quisermos que eles sejam instantaneamente esquecidos.

10/

O professor de matemática Rothe [**66**] disse-me uma vez que Schumann perdeu uma grande parte de sua legítima influência em função da eficácia de Wagner. – Há muito de verdadeiro nesse pensamento.

13/

Ler anestesia minha alma.

Pão & circo, mas também circo no sentido em que a matemática assim como a física é um circo. É sempre circo o que seu espírito está buscando, nas artes, no laboratório bem como no campo de futebol.

14/

Pode-se habituar o estômago a pouco alimento, mas não o corpo; ele sofre de subnutrição mesmo quando o estômago não reclama mais, mesmo que [**67**] o estômago recuse mais alimento. Algo semelhante ocorre com a expressão dos afetos: simpatia, gratidão etc. Pode-se reprimir artificialmente essas manifestações até que aquilo que antes era natural recue de medo, mas o organismo espiritual que subsiste sofre com a subnutrição.

19/

Conheço toda mesquinhez possível, da menor à maior, porque eu mesmo as cometi.

20/

A maior parte das pessoas segue em seu modo de agir a linha da menor resistência; e assim também eu.

22/

Hamann vê Deus como uma parte da natureza & ao mesmo tempo como a natureza.

E com isso não é expresso o paradoxo [**68**] religioso: "Como pode a natureza ser uma parte da natureza?"

É estranho: Moses Mendelssohn aparece em suas cartas a Hamann já como um jornalista.

O contato com autores como Hamann, Kierkegaard torna seus editores presunçosos. Nem o editor do *Peregrino querubínico* nem o das *Confissões* de Agostinho ou de um dos escritos de Lutero teria sentido essa tentação.

Pode ser que a ironia de um autor tenda a tornar o leitor presunçoso.

É mais ou menos assim: eles dizem que sabem que nada sabem, mas gabam-se enormemente desse conhecimento.

Uma lei moral natural não me interessa; ou não <u>mais</u> do que qualquer outra lei natural & não mais do que aquela a partir da qual uma pessoa transgride a lei moral. Se a lei moral é natural então tendo a proteger o transgressor.

25/
A ideia de que hoje em dia alguém se converta do catolicismo ao protestantismo ou do protestantismo ao catolicismo é desagradável para mim (como para muitos outros). (Em cada um dos dois casos de modo diferente.) Troca-se uma coisa que (agora) somente pode ter sentido como tradição como se se tratasse de uma convicção. É como se alguém quisesse trocar os rituais de sepultamento de nosso[17] país pelos de um outro[18]. – Quem se converte do protestantismo ao catolicismo me parece um monstro espiritual. Nenhum bom padre católico faria [**70**] isso se tivesse nascido como não católico. E a conversão na direção contrária demonstra uma burrice abismal.

Talvez a primeira revele uma burrice mais profunda, e a outra uma burrice mais superficial.

---

17. [seines | unseres] (seu | nosso)
18. [der Türken | eines andern (dos turcos | de um outro)

01/03

Tenho agora razões para considerar que Marguerite não se importa muito comigo. E isso faz sentir-me estranho. Uma voz em mim diz: então acabou & você deveria desanimar. – E uma outra diz: isso não pode abater você, você deveria ter contado com isso & sua vida não pode estar construída sobre a ocorrência de uma coisa, ainda que muito desejada.

E a última voz tem razão, mas é então o caso de uma pessoa que vive [71] & que é atormentada por dores. Tal pessoa tem de lutar para que as dores não estraguem sua vida. E então tem medo dos tempos de fraqueza.

Esse medo é certamente ele mesmo apenas uma fraqueza, ou covardia.

Na verdade a gente sempre quer ter tranquilidade, e não ser obrigado a lutar. *G.m.i.**!

Quem afinal não consegue colocar aquilo que mais ama nas mãos dos deuses, mas[19] sempre quer manejá-lo ele mesmo, não o ama de verdade. Essa é de fato a dureza que deve existir no amor. (Penso na "batalha de Hermann" & por que Hermann quer enviar apenas um mensageiro a seus aliados.)

Não adotar certas regras de precaução não é algo confortável, [72] mas o que há de mais desconfortável no mundo.

---

* O editor alemão sugere, a meu ver acertadamente, que essa abreviatura significa *Gott mit ihr* (Deus com ela). (N. T.)
19. [& | sondern] (e | mas)

Beethoven é completamente realista; entendo que sua música é <u>totalmente verdadeira</u>, quero dizer: ele vê a vida <u>inteiramente</u> como ela é & então a eleva. É religião de ponta a ponta & não poesia religiosa. É por isso que ele consegue consolar nas verdadeiras dores, enquanto os outros fracassam fazendo que se diga acerca deles: mas isso não é assim. Ele não fica nos embalando num belo sonho, mas salva o mundo ao vê-lo como herói, como o mundo é.

Lutero não era protestante.

02/
Sou extraordinariamente covarde, & me comporto na vida como o covarde na batalha.

07/
Estou cansado do trabalho dos últimos meses & totalmente abatido pela dolorosa história com Marguerite. Prevejo aqui uma tragédia. E, entretanto, só resta uma coisa: fazer seu melhor & continuar trabalhando.

11/03
Uma excelente observação de Engelmann que frequentemente me vem à mente: durante a construção no tempo em que ainda trabalhávamos juntos, ele me disse após uma conversa com o construtor: "Você não pode falar de lógica

com esse sujeito!" – Eu: "Vou ensinar lógica para ele" – Ele: "E ele vai ensinar psicologia para você".

06/05

Ser um apóstolo é uma <u>vida</u>. Isso se manifesta em parte no que ele diz, contudo [74] não por ser verdadeiro, mas porque ele o diz. Sofrer pela ideia é o que o constitui, mas também aqui pode-se dizer que o sentido da frase "este é um apóstolo" é o modo de sua verificação. Descrever um apóstolo significa descrever uma vida. A impressão que essa descrição causa sobre outras pessoas deve ser deixada a essas pessoas. Acreditar em um apóstolo significa relacionar-se dessa ou daquela maneira com ele – relacionar-se por meio de ações.

Se a gente não quer mais se irritar, também a alegria deve se tornar diferente; ela não deve mais ser algo que é um correlato [75] da irritação.

Sobre Kierkegaard: apresento-lhe uma vida & veja como você se relaciona com ela, se fica instigado (estimulado) a viver desse jeito ou que outra relação consegue desenvolver com ela. Eu gostaria, por assim dizer, de desbloquear sua vida por meio dessa apresentação.

Em que medida meu pensamento é um voo é indiferente (isto é, não sei & não reflito acerca disso). Ele é um impulso. –

"É bom porque Deus assim o ordenou" é a expressão correta para a ausência de fundamento

Uma proposição ética diz "Você deve fazer isso!" ou "Isso é bom!", mas não "Essas pessoas dizem que isso é bom". Entretanto, uma proposição ética é uma ação pessoal. E não uma constatação de um fato. Como uma[20] exclamação de admiração. Considere que a fundamentação da "proposição ética" apenas tenta atribuir a proposição a outras proposições que produzem uma impressão sobre você. Se no final você não sente nem repulsa por uma nem admiração pela outra, então não há nenhuma fundamentação que mereça esse nome.

Obras que são compostas ao piano, no piano, [77] as que são pensadas com a pena & aquelas que são compostas apenas com o ouvido interno têm de possuir um caráter <u>completamente</u> distinto & <u>produzir</u> uma impressão de um tipo completamente distinto.

Estou convicto de que Bruckner compunha com o ouvido interno & com uma ideia da orquestra tocando, ao passo que Brahms compunha com a pena. Naturalmente isso está sendo apresentado de uma maneira mais simples do que de fato é. Mas com isso conseguimos <u>uma</u> característica.

---
20. [der | ein] (a | uma)

A notação musical dos compositores deve poder fornecer informações acerca disso. E a verdade é que, creio eu, a notação musical de Bruckner era [**78**] desajeitada & pesada.

Em Brahms, as cores do som da orquestra são cores das marcações do caminho.

Uma tragédia poderia sempre começar com as palavras: "Não teria acontecido absolutamente nada se não...".

(Se ele não tivesse ficado preso à máquina por uma ponta de sua roupa?)

Mas não é essa uma consideração unilateral da tragédia, que apenas mostra que um encontro pode determinar toda a nossa vida[21]?

Creio que hoje em dia poderia haver um teatro em que se representaria com máscaras. As figuras seriam então tipos humanos estilizados. Nos textos de Kraus isso pode ser nitidamente visto. Suas peças poderiam, ou deveriam, ser encenadas com máscaras. Isso corresponde naturalmente a

---

21. [unser ganzes Leben entscheiden kann. | über unser ganzes **Leben entscheiden kann**. | unser ganzes Leben bestimmen kann.] (pode decidir toda nossa vida | pode decidir sobre toda nossa vida | pode determinar toda nossa vida). Sem ponto de interrogação no original.

certo caráter abstrato desses produtos. E o teatro de máscaras é, tal como o vejo, em geral a expressão de um caráter espiritual. Talvez por isso (<u>também</u>) apenas os judeus tenham inclinação para esse teatro.

A oposição entre comédia [**80**] & tragédia foi, a seu tempo, sempre trabalhada como uma oposição que dividia *a priori* o conceito de espaço[22] dramático. Certas observações poderiam então causar admiração a alguém, por exemplo, pelo fato de a comédia estar relacionada a tipos e a tragédia a individualidades. <u>Na realidade</u>, não há oposição entre comédia & tragédia de tal maneira que uma seja parte do espaço dramático excluída pela outra. (Assim como o tom maior & o tom menor não são contrários.) Mas elas são duas das várias formas de drama possíveis, que apareceram para uma determinada cultura – passada – como as únicas. A verdadeira comparação é[23] com as tonalidades <u>modernas</u>.

80

Era característico para os teóricos dos períodos culturais passados querer encontrar o *a priori* onde ele não estava.

81

Ou, devo dizer, era característico do período cultural passado criar[24] o conceito do *a priori*.

---

22. [Raum | Raumbegriff] (espaço | conceito de espaço)
23. [wäre | ist] (seria | é)
24. [formen | schaffen] (formar | criar)

Pois esse período nunca teria produzido esse conceito se desde o início ele tivesse visto o estado de coisas[25] tal como nós o vemos. (Então o mundo teria um grande erro, quero dizer, um erro importante a menos.) Mas na realidade não se pode raciocinar desse modo, pois esse conceito estava fundado na cultura como um todo[26].

Que um despreze o outro, [**82**] ainda que inconscientemente (Paul Ernst), significa que esse fato pode ser esclarecido àquele que despreza se colocarmos diante de seus olhos uma determinada situação que nunca aconteceu na realidade (& certamente nunca acontecerá), de tal modo que ele tenha de admitir que então agiria desse ou daquele modo – & assim daria expressão ao desprezo[27].

Se quisermos compreender os milagres de Cristo, por exemplo, o milagre nas bodas de Caná, tal como Dostoiévski o fez[28], então devemos concebê-los como símbolo. A transformação da água em vinho é altamente admirável [**83**] & quem pudesse fazê-la nos deixaria maravilhados, mas nada além. Isso não pode portanto ser o magnífico. – O magnífico

---

25. [Dinge | Sachlage] (coisas | estado de coisas)
26. [in der Kultur selbst | in der ganzen Kultur] (na própria cultura | na cultura como um todo)
27. [daß er dann so & so handeln würde. | daß er dann so & so handeln – & dadurch der Verachtung Ausdruck geben – würde.] (que então agiria desse ou daquele modo | que ele então agiria desse ou daquele modo – & assim daria expressão ao desprezo)
28. [getan hat | tat] (havia feito | fez)

também não é que Jesus consiga vinho para as pessoas no casamento & nem que faça que o vinho chegue a elas de uma maneira tão inaudita. Tem de ser o miraculoso que empresta a essa ação seu conteúdo & seu significado. E com isso estou falando não do extraordinário ou do que jamais teve lugar, mas do[29] espírito com o qual isso é feito[30] e para o qual a transformação da água em vinho é apenas um símbolo, (como que) um gesto. Um gesto que (certamente) só pode ser realizado por aquele que é capaz desse feito extraordinário. O milagre tem de ser compreendido como [84] gesto, como expressão, se quiser nos dizer alguma coisa. Eu também poderia dizer: Somente quando aquele que faz isso o faz em um espírito miraculoso é um milagre. Sem esse espírito ele é apenas um fato[31] extraordinariamente estranho. Tenho de alguma maneira de já conhecer o homem para poder dizer que se trata de um milagre. Tenho de ler o todo já no espírito certo para sentir aí o milagre[32].

Quando leio em contos de fada que uma bruxa transforma uma pessoa em um animal selvagem, é então também o espírito dessa ação que causa a impressão [85] sobre mim.

---

29. [einen | den] (um | do)
30. [vollbracht | getan] (produzido | feito)
31. [Tat. | Tatsache.] (ato | fato)
32. [um das Wunderbare darin zu empfinden | um das Wunder darin zu sehen | empfinden] (para sentir aí o maravilhoso | para ver aí o milagre | sentir)

(Diz-se de uma pessoa que, se ela pudesse, mataria seu oponente[33] com o olhar.)

Se os mais recentes dentre os grandes compositores vierem a escrever em progressões[34] harmônicas simples[35], eles se converterão então à sua **mãe original**[36].

Precisamente nesses momentos (em que <u>os outros</u> nos tocam mais fortemente) Mahler parece-me especialmente insuportável & eu sempre tenho vontade de dizer: mas você apenas ouviu isso dos outros, isso não pertence (<u>realmente</u>) a você.

Sujo tudo com a minha vaidade.

86

A educação (aquisição da cultura) restitui a <u>uma pessoa</u>[37] um bem que já lhe pertence. Com ela tal pessoa aprende, **por assim dizer**, a conhecer a **herança paterna**[38]. Ao passo que outra pessoa assimila por meio dela formas cuja natureza

---

33. [<u>Andern</u> | <u>Gegner</u>] (outro | oponente)
34. [Verhältnissen | Fortgängen] (relações | progressões)
35. [klaren | einfachen] (claros | simples)
36. [dann ist es [als <u>bekennten</u> sie sich zu ihrer Stammutter. | dann ist es als <u>wollten</u> sie sich zu **ihrer Stammutter** bekennen. | dann bekennen sie sich zu ihrer Stammutter. (então é como se eles se convertessem à sua mãe original | então é como se eles quisessem se converter à sua mãe original | eles se converterão então à sua **mãe original**)
37. [Manchen | Den Einen] (a alguns | a uma pessoa)
38. [begeht damit quasi das väterliche Erbe | lernt damit **quasi das väterliche Erbe** kennen] (celebra com isso, por assim dizer, a herança paterna | aprende, **por assim dizer**, a conhecer a **herança paterna**)

lhe é estranha[39]. E aí seria melhor se permanecesse inculta ainda que ficando repugnante & tosca.

Feliz aquele que não quer ser justo por covardia, mas por um sentimento de justiça, ou por respeito pelo outro. – Minha justiça, quando sou justo, nasce a maior parte das vezes da covardia[40].

A propósito, condeno a justiça não em mim, pois ela se desenrola por assim dizer em um plano religioso em [**87**] que me refugio das baixezas sujas de meu desejo & repugnância. Essa fuga é certa quando ocorre por temor[41] à sujeira.

Isto é, ajo corretamente quando me situo em um plano mais espiritual em que[42] posso ser um ser humano – ao passo que outros podem estar em um plano menos espiritual.
Nem mesmo tenho direito ao patamar deles[43] & no plano deles sinto com razão minha inferioridade.

---

39. [fremde | wesensfremde] (estranhas | cuja natureza lhe é estranha)
40. [Ich bin beinahe immer aus Feigheit gerecht. | Meine Gerechtigkeit, wenn ich gerecht bin, entspringt [beinahe immer der Feigheit | Meine Gerechtigkeit, wenn ich gerecht bin, entspringt meistens der Feigheit] (Sou justo quase sempre por covardia | Minha justiça, quando sou justo, nasce quase sempre da covardia. | Minha justiça, quando sou justo, nasce a maior parte das vezes da covardia)
41. [Abscheu | Furcht] (aversão | temor)
42. [wo | auf der] (onde | no qual)
43. [so zu leben | in dem Stockwerk] (viver dessa maneira | este andar)

Tenho de viver em uma atmosfera *more raryfied**, lá é o meu lugar; & deveria resistir à tentação de querer viver com aqueles que têm o direito de querer viver em uma camada de ar mais pesada.

88

Tal como na filosofia, analogias aparentes também nos[44] induzem na vida (àquilo que o outro faz ou pode fazer). E também aqui existe somente um meio contra essa sedução: escutar as vozes suaves que nos dizem que aqui devemos nos comportar de um jeito ali de outro.

Não revelo aqui a razão última (quero dizer, a profundidade última) da minha vaidade.

Quando eu sou tocado por uma tragédia (por exemplo, no cinema), então me digo sempre: não, não farei assim! ou: não, não é assim que deve ser. Gostaria de consolar o herói

89 & todos. Mas isso não significa, [**89**] porém, compreender o acontecimento como tragédia. Porque só o que compreendo é a boa saída (no sentido primitivo) Não compreendo – quero dizer, não compreendo com o coração – o declínio do herói. Ou seja, na verdade sempre quero ouvir um conto de fadas. (Daí também minha alegria ao ver um filme) E ao fazê-lo sou realmente tomado por pensamentos & por eles movido.

---

* Em inglês, no original. (N. T.)
44. [Einen | uns] (uma pessoa | nos)

Quer dizer, um filme quando não é terrivelmente ruim me fornece sempre material para pensamentos & sentimentos.

As fotografias do meu irmão Rudi têm algo que faz lembrar Oberländer, ou, mais corretamente, algo do estilo dos bons desenhistas das antigas *Fliegende Blätter*.

Acerca de um arquiteto ou músico (talvez de um artista em geral) inglês [**90**] pode-se estar quase seguro de que se trata de um charlatão!

90

Não posso avaliar a qualidade de um pincel de pintura, não entendo nada de pincéis &, quando vejo um, não sei se ele é bom, ruim ou razoável; mas estou convencido de que os pincéis ingleses são excelentes. E da mesma maneira convencido de que os ingleses não entendem nada de pintura.

As matérias-primas são aqui sempre excelentes, mas falta a capacidade de moldá-las. Quer dizer: As pessoas são conscienciosas, possuem conhecimentos & habilidade mas não arte nem fina sensibilidade[45].

Meu autoconhecimento apresenta-se [**91**] desta maneira: Se um determinado número de véus é colocado sobre

91

---

45. [aber keine Kunst. | aber nicht Kunst, noch feine Empfindung.] (mas nenhuma arte | mas não arte nem fina sensibilidade)

mim ainda consigo ver com clareza, a saber, os véus. Mas se eles são afastados, de tal forma que meu olhar <u>possa</u> penetrar mais profundamente no meu eu, então minha imagem começa a perder a nitidez para mim[46].

Falo[47] muito facilmente. – Alguém pode, por meio de uma pergunta ou de uma objeção, me levar a um jorro de palavras. Enquanto falo vejo às vezes que estou sendo um terrível falastrão: falo mais do que penso, falo para divertir o outro, introduzo na conversa coisas irrelevantes para impressionar etc. Procuro então corrigir a conversa [**92**] e conduzi-la novamente a trilhos mais decentes[48]. Mas apenas a desvio um pouco e por temor – por falta de coragem – não o suficiente & fico guardando um sabor ruim.

Isso acontece comigo especialmente na Inglaterra, pois a dificuldade de comunicação (por causa do caráter, não por causa da língua) é de antemão enorme. De tal modo que somos obrigados a fazer exercícios sobre uma jangada oscilante em vez de fazê-los sobre a terra firme. Pois nunca se sabe se um compreendeu totalmente o outro; & o outro nunca o compreendeu <u>totalmente</u>.

---

46. [so beginnt mein Bild vor meinen Augen zu verschwimmen. | so beginnt [sich mein Bild zu verwischen] | so beginnt mein Bild sich mir zu verwischen] (então começa a minha imagem a confundir-se diante dos meus olhos | então começa a minha imagem a perder nitidez | então minha imagem começa a perder a nitidez para mim)
47. [rede | spreche] (discurso | falar)
48. [anständige | anständigere] (decentes | mais decentes)

12/10/31

Esta noite despertei apavorado com um sonho & repentinamente percebi que um **tal pavor** [93] deve significar alguma coisa⁴⁹, que devo pensar acerca do que significa.

O sonho tinha, por assim dizer, duas partes (que, entretanto, se sucediam imediatamente) Na primeira parte alguém havia morrido, e era triste & parecia que eu havia me comportado bem & então quase ao chegar em casa alguém, a saber, uma pessoa velha e rústica [do tipo da nossa Rosalie (penso também na sibila de Cumes)], me dirige umas palavras de elogio & algo como: "Você é sim alguém". Então desapareceu esse quadro & eu fiquei sozinho no escuro & disse para mim mesmo – ironicamente "Você é sim alguém" & vozes chamavam alto ao meu redor (mas eu não via ninguém que estivesse chamando) "a dívida tem sim de ser paga" ou "a dívida não foi paga" ou algo assim. Despertei como de um [94] sonho pavoroso. (Escondi minha cabeça – como desde a infância sempre faço em casos como esse – sob a coberta & apenas depois de alguns minutos ousei tirá-la para fora & abrir os olhos) Senti como se dissesse à consciência que esse pavor tem um significado mais profundo (embora ele, de uma certa maneira, viesse do estômago, con-

---

49. [merkte, daß ein solches Entsetzen etwas bedeute| sah plötzlich, daß ein **solches Entsetzen** ja etwas bedeute] (observei que um tal pavor significava algo | repentinamente percebi que um **tal pavor** deve significar alguma coisa)

forme logo se tornou[50] claro para mim), isto é, que a capacidade de ficar tão apavorado teria[51] de significar alguma coisa para mim[52]. Imediatamente após o despertar, aterrorizado, eu pensava: sonho ou não, esse pavor tem de significar algo. Fiz sim alguma coisa, senti alguma coisa, independentemente do que meu corpo tenha feito.

Isto é, o ser humano é capaz de um tal pavor. – E isso significa alguma coisa.

Quando um ser humano vivencia o inferno também [**95**] em um sonho & desperta depois, então existe sim o inferno.

Tenho uma linguagem mal-educada (ou não educada). Isto é, falta a ela um bom berço linguístico. Como é bem o caso da linguagem da maior parte das pessoas.

Li uma vez em Claudius uma citação de Espinosa na qual ele escreve acerca de si mesmo, mas não conseguia ficar completamente feliz com esse[53] texto. E agora me ocorre que desconfio dele sob um certo aspecto, sem poder dizer, contudo, qual é. esse aspecto. Mas agora creio que tenho uma sensação de que Espinosa não se reconheceu[54]. O mesmo, portanto, tenho de dizer de mim mesmo[55].

---

50. [war | wurde]
51. [hat | habe] (tem | teria)
52. [in mir | für mich] (em mim | para mim)
53. [der | dieser] (a | esse)
54. [erkennt | erkannt hat] (conhece | reconheceu)
55. [weiß | sagen muß] (sei | tenho de dizer)

Não fiquei tagarelando!

Ele parecia não reconhecer que era um pobre pecador. Já eu poderia naturalmente dizer que sou um. Mas não o reconheço, senão eu me tornaria outro.

A palavra reconhecer é enganadora, pois se trata de uma ação que exige coragem.

A respeito de uma autobiografia poder-se-ia dizer: ela é escrita por um maldito do inferno.

Há tanto em uma proposição quanto há por trás dela.

Agora compreendo um pouco a sensação em meu sonho.

Naquela citação de Espinosa, penso na palavra "sabedoria" [**97**], que me parecia (& parece) ser <u>em última instância</u> uma coisa vazia atrás da qual se esconde o verdadeiro ser humano, tal como ele realmente é. (Quero dizer: se esconde de si mesmo)

Revele o que você é.

Sou, por exemplo, um pobre diabo mentiroso & mesmo assim posso falar sobre as maiores coisas.

E, enquanto faço isso, parece-me que estou completamente desvinculado da minha pequenez. Mas não estou.

Autoconhecimento & humildade são a mesma coisa. (Essas são observações baratas.)

13/
Eu não gostaria que me acontecesse o que acontece com algumas [**98**] mercadorias. Elas ficam sobre o balcão, os fregueses as veem, a cor ou o brilho atrai o seu olhar & eles tomam o objeto por um momento em suas mãos & o deixam, então, cair novamente sobre o balcão como algo indesejado.

Meus pensamentos quase nunca vêm ao mundo sem mutilações.

Uma parte é quebrada ou torcida no nascimento. Ou o pensamento é simplesmente prematuro & na linguagem de palavras não está ainda [**99**] apto a sobreviver. Então vem ao mundo um pequeno feto de frase, ao qual faltam ainda os membros mais importantes.

As melodias das primeiras obras de Beethoven (já) possuem uma face racial diferente, por exemplo, das melodias de Mozart. Seria possível desenhar o tipo facial que corresponderia às[56] raças. E, com efeito, a raça de Beethoven é mais atarracada, grosseira, de rosto mais arredondado ou mais quadrado, a raça de Mozart possui formas mais finas, mais esbeltas & entretanto arredondadas & a de Hayden é

---

56. [diesen | den] (a essas | às)

alta & esbelta, do tipo de alguns aristocratas austríacos. Ou será que estou me deixando seduzir pela imagem que tenho das fisionomias desses homens? Não creio.

100
É notável ver como uma matéria resiste a uma forma. Como a matéria das *Nibelungen* resiste à forma dramática. Ela não quer se tornar um drama & não se torna um & ela apenas se rende quando o poeta ou compositor decide <u>tornar-se épico</u> Dessa maneira, as únicas <u>passagens</u> verdadeiras e duradouras no "Ring" são as épicas, em que texto ou música são narrativos. E por isso as mais impressionantes <u>palavras</u> do "Ring" são as didascálias.

Estou um tanto apaixonado pela minha maneira de movimentar os pensamentos enquanto filósofo. (E talvez devesse deixar de lado a expressão "um tanto".)

Aliás, isso não significa que eu esteja apaixonado pelo meu estilo. Isso não estou.

Uma coisa só é tão séria quando realmente é séria[57]   101

Talvez, da mesma maneira que alguns gostam de se ouvir falar, eu goste de me ouvir escrever?

---

57. [Etwas ist nur so ernst, als es ernst ist | Etwas ist nur so ernst, als es wirklich ernst ist] (Uma coisa só é séria quando é séria | Uma coisa só é tão séria quando realmente é séria)

Que algo lhe venha à mente é um presente dos céus, mas tudo depende do que você faz com isso.

Naturalmente essas boas lições são também facilmente <u>um</u> ato que faz com que você aja de acordo com elas. (Na frase anterior pensei em Kraus.)

Conhece-te a ti mesmo & verás que, de todas as maneiras, és sempre de novo um pobre pecador. Mas eu não quero ser um pobre pecador & procuro escapar de todas as maneiras (utilizo tudo como uma porta para escapar dessa sentença).

Minha sinceridade sempre emperra em um determinado ponto!

Assim como parece que conhecemos bem um dente cariado quando o dentista usa a broca nele, da mesma maneira durante o pensar perscrutador aprendemos a conhecer & reconhecer cada espaço, cada pequeno meandro de um pensamento.

O que eu, por assim dizer, enceno no teatro (Kierkegaard) [**103**] da minha alma não torna seu estado mais belo, mas (<u>sim</u>) mais detestável. E, apesar disso, creio sempre novamente tornar mais belo esse estado por meio de uma bela cena no teatro.

Pois eu me sento na plateia em vez de contemplar o todo de fora. Pois não gosto de ficar na rua hostil, cotidiana e fria, mas prefiro me sentar na agradável e aquecida plateia.

Sim, apenas por poucos momentos eu vou para fora, para o ar livre[58] & então talvez também <u>apenas</u> com o sentimento de poder[59] me enfiar de novo no quentinho.

Privar-me da simpatia dos outros [**104**] seria simplesmente impossível para mim, pois tenho, nesse sentido, muito pouco (<u>ou nenhum</u>) eu [*Selbst*]. 104

Talvez eu só tenha um eu na medida em que me <u>sinto realmente</u> rejeitado.

E quando digo que me sinto rejeitado isso não é uma expressão (ou apenas: não é quase nunca uma expressão?) desse sentimento.

Já fiquei quebrando muito a cabeça pensando que não sou melhor do que Kraus & espíritos da mesma família, & me repreendi dolorosamente por isso. Mas quanta vaidade há nesse pensamento.

---

58. [auf die Straße | in's Freie] (para a rua | para o ar livre)
59. [dürfen.| können.]

105   24/10

O segredo do dimensionamento de uma poltrona ou de uma casa é que ele altera a concepção do objeto. Faça-a mais curta & ela aparecerá como um prolongamento dessa parte, faça-a mais longa e ela aparecerá como uma parte totalmente independente. Faça-a mais forte & a outra parecerá se apoiar nela, faça-a mais fraca e ela parecerá estar suspensa na outra etc.

Efetivamente, não é a diferença gradual de comprimento que importa, mas sim a diferença qualitativa da concepção.

Se a instrumentação de Brahms é acusada de falta de senso de cores, então é preciso [**106**] dizer que a ausência de cor já está presente na temática de Brahms. Os temas já são em preto e branco, tal como os de Bruckner já são coloridos; ainda que Bruckner[60], por alguma razão, efetivamente os tenha anotado em um único sistema, de tal maneira que nada sabemos de uma instrumentação de Bruckner.

Assim, poder-se-ia dizer: então está tudo em ordem, pois a temas em preto e branco corresponde também uma instrumentação em preto e branco (desprovida de cores). Apenas creio que precisamente aqui reside a fraqueza da instrumentação de Brahms, uma vez que sob múltiplos pontos de vista ela não é pronunciadamente em preto e branco.

---

60. [er | Bruckner] (ele | Bruckner)

Daí surge, então, a impressão que nos faz frequentemente crer que sentimos falta das cores, [**107**] pois as cores que lá estão não atuam de maneira agradável. Isso se mostra frequentemente de maneira clara, por exemplo, no último movimento do concerto para violino em que há estranhos efeitos sonoros (uma hora os tons parecem cair dos violinos como se fossem folhas secas) & em que isso é sentido como um único <u>efeito</u> sonoro, ao passo que os sons em Bruckner são sentidos como a roupagem evidente[61] dos ossos desses temas. (Totalmente diferente é o caso do som dos corais de Brahms que está tão <u>à altura</u> da temática quanto o som orquestral de Bruckner está à altura da temática de Bruckner.) (A harpa no final da primeira parte do Réquiem Alemão.)

Acerca do "segredo do dimensionamento": o real sentido do dimensionamento mostra-se no fato de que se pode dar outros nomes ao objeto conforme suas dimensões se alteram. (Exatamente como se altera a expressão do rosto quando suas proporções se alteram: "triste", "insolente", "bravo" etc. etc.)

A alegria com os meus pensamentos (pensamentos filosóficos) é a alegria com minha própria vida estranha. Isso é alegria de viver?

---

61. [das selbstverständliche Fleisch | die selbstverständliche Umkleidung] (a carne evidente | a roupagem evidente)

É muito difícil darmos pouco valor a nós mesmos & declararmos que toda prova que nos dá o direito de darmos algum valor a nós mesmos (prova por meio de analogias) é de antemão falsa, mesmo antes de termos descoberto o erro, de termos descoberto que a prova não procede [**109**] (e mesmo se nunca descobrirmos o erro).

31/10

Os estudantes de física são hoje os mais bem preparados para o estudo da filosofia. Por causa da evidente falta de clareza em sua ciência, a compreensão deles é mais solta do que a dos matemáticos que estão encalhados em uma tradição segura de si.

Eu poderia me considerar quase um núcleo amoral, em que os conceitos morais de outras pessoas facilmente se colam.

De uma tal maneira que o que falo *eo ipso** nunca seria meu, pois esse núcleo (eu o vejo como um [**110**] fardo branco e morto) não pode falar. Restam antes folhas impressas penduradas nele. Essas falam então; certamente não como em seu estado original, mas sim misturadas com outras folhas & influenciadas pela posição em que o núcleo as coloca. – Mas mesmo que esse também fosse meu destino, eu não

---

* Em latim, no original. (N. T.)

estaria porém isento de responsabilidade & seria um pecado ou um absurdo reclamar, por assim dizer, desse destino.

Alguém poderia dizer: você despreza as virtudes naturais porque não as tem! – Mas não é ainda mais surpreendente – ou tão surpreendente quanto – que um ser humano sem todos esses dons possa ser um ser humano!

"Você faz da necessidade uma virtude". Certamente, mas não é surpreendente que possamos fazer da necessidade uma virtude.

Alguém poderia dizer o seguinte: O surpreendente é que os mortos não possam pecar. E que os vivos ainda que pequem possam renunciar ao pecado:
Somente posso ser mau contanto que também possa ser bom.

Às vezes imagino as pessoas como esferas: uma feita totalmente de ouro puro, a outra de uma camada de material sem valor e ouro por baixo; a terceira de um douramento aparente mas falso e ouro por baixo. Novamente uma em que há lixo sob o douramento & uma em que há um grãozinho de ouro puro nesse lixo. Etc. etc.

Creio que eu deva ser do último tipo de esfera.

Mas como é difícil julgar uma pessoa desse tipo. Descobrimos que a primeira camada é falsa & dizemos: "essa pessoa não vale nada", pois ninguém acredita que possa haver ouro puro com falso douramento. Ou então encontramos o lixo sob o falso douramento & dizemos: "Naturalmente! Isso era de se esperar". Mas é difícil presumir que então deva haver ainda ouro de verdade nesse lixo.

Quando um canhão, para ser protegido contra ataques aéreos, é pintado de uma tal maneira que, visto de cima, se parece com árvores ou pedras, que seus verdadeiros contornos se tornem irreconhecíveis [**113**], & em seu lugar apareçam contornos falsos, como é difícil fazer um juízo sobre essa coisa. Poderíamos imaginar uma pessoa que diga: "esses são todos contornos falsos, a coisa não tem portanto nenhuma forma verdadeira[62]" E, entretanto, ela tem sim uma forma verdadeira e fixa mas que não pode ser julgada pelos meios convencionais.

Certa vez minha irmã Gretl leu para mim uma passagem de um ensaio de Emerson, em que ele descreve um filósofo (esqueci o nome) para seu amigo; dessa descrição ela acreditava poder concluir que esse homem devia ser parecido comigo. Eu pensava comigo mesmo: Que jogo da natu-

---

62. [wirkliche Konturen | wirkliche Gestalt] (verdadeiros contornos | forma verdadeira)

reza! – Que jogo da natureza, quando um besouro se parece com uma folha, mas é verdadeiramente um besouro, & não uma pétala artificial.

Na frase escrita corretamente uma partícula do coração ou do cérebro descola-se & como frase vai para o papel.

Creio que minhas frases são, na maior parte das vezes, descrições de imagens visuais que me ocorrem.

A ironia de Lichtenberg é a chama que arde apenas em uma vela pura.

"Posso mentir <u>assim</u> – ou também <u>assim</u> – ou talvez da melhor maneira, dizendo a verdade com toda sinceridade". É assim que falo frequentemente comigo mesmo.

02/11
Dostoiévski disse uma vez que o diabo assumiria agora a figura [**115**] do temor ao ridículo. E isso deve ser verdadeiro. Pois nada em mim causa temor maior; nada eu gostaria tão <u>absolutamente</u> de evitar como o ridículo. Entretanto, sei que é uma covardia como qualquer outra, & que a covardia é rejeitada em todos os lugares, pois sua fortaleza é impenetrável. De tal maneira que ela é vencida apenas aparentemente quando se ausenta de um ou outro lugar, uma

vez que ela acaba por se recolher calmamente a essa fortaleza, estando segura lá[63].

Se acerca de mim eu dissesse às pessoas [**116**] o que deveria lhes dizer, iria me expor ao desprezo & ao escárnio de quase todos os que me conhecem.

"Corja apátrida" (aplicado aos judeus) está no mesmo nível de "corja do nariz torto", pois ter uma pátria assim como ter um nariz torto é algo que não depende da pessoa.

A consciência cheia de culpa poderia facilmente se confessar; a <u>pessoa vaidosa</u> não consegue se confessar.

Não quero[64] me tornar prisioneiro de nenhuma decisão minha, a não ser que a decisão me <u>mantenha</u> prisioneiro.

Abrace uma pessoa por <u>ela</u> & não por você.

---

63. [So daß sie nur zum Schein besiegt ist wenn sie sich von manchen Plätzen zurückgezogen hat da sie sich ruhig in diese Festung begibt & dort sicher ist (& von dort das ganze Land wieder einnehmen wird). Der ganze Sieg war nur Komödie | So daß sie nur zum Schein besiegt ist, wenn sie den einen oder andern Platz preisgibt, da sie sich endlich ruhig in diese Festung zurückzieht & dort sicher ist] (De tal maneira que ela é vencida apenas aparentemente quando recua de certos lugares, pois ela acaba por se recolher calmamente a essa fortaleza, estando segura lá (e de lá retoma todo o país). A vitória foi apenas uma piada | De tal maneira que ela é vencida apenas aparentemente quando se ausenta de um ou outro lugar, uma vez que ela acaba por se recolher calmamente a essa fortaleza, estando segura lá)
64. [werde | will] (não vou | não quero)

07/
Estou agora inteiramente intranquilo, devido à consciência & aos pensamentos

É estranho quando dois mundos podem viver em dois quartos um sob o outro. Isso acontece quando moro embaixo dos dois estudantes que fazem barulho acima de mim. São realmente dois mundos & não é possível nenhum entendimento.

Tenho agora a sensação de que eu deveria ir para o convento (internamente) se perdesse a Marguerite.

Pensar em um noivado burguês de Marguerite causa-me náuseas. Não, nesse [**118**] caso eu não poderia fazer nada por ela e teria de tratá-la do mesmo modo como a trataria, se ela tivesse se embriagado, a saber: não falar com ela até que tenha se curado da bebedeira com uma boa noite de sono.

É verdade que devemos ser capazes de viver nas ruínas das casas em que estávamos acostumados a viver. Mas é difícil. Nossa alegria vinha do calor & do conforto dos cômodos, mesmo que não[65] soubéssemos disso. Mas agora, que ficamos vagando pelas ruínas, sabemos.

---

65. [kaum | nicht] (quase | não)

Sabemos que agora só o espírito pode aquecer & que não estamos acostumados a nos [**119**] deixar aquecer pelo espírito.

(Quando estamos com frio lavar-se dói & quando estamos doentes no espírito, o pensar dói.

Não posso (ou melhor, não quero) renunciar ao prazer. Não quero renunciar ao prazer & não <u>quero</u> ser um herói. Por isso, sofro a dor penetrante & vergonhosa do abandono.

O desespero não tem fim & o suicídio não acaba com ele, a não ser que se dê cabo dele por meio de um esforço de superação pessoal.

O desesperado é como uma criança teimosa que quer ter a maçã. Mas geralmente não sabemos o que significa quebrar a teimosia. Significa quebrar [**120**] um osso do corpo (e fazer uma articulação onde não havia nenhuma).

Velhos fragmentos de pensamento que já há muito tempo nos pressionaram o alto do intestino surgem depois em outra oportunidade. Observamos então uma parte de uma frase & vemos: era isso que eu queria ter dito há alguns dias[66].

---

66. [Dann sieht man einen Teil eines Satzes & merkt: das war es was ich vor ein paar Tagen oder Wochen immer habe sagen wollen | Dann bemerkt man einen Teil eines Satzes & sieht: das war es, was ich vor einigen Tagen immer habe sagen wollen] (Vê-se então uma parte de uma frase e

O odor burguês da relação Marguerite-Talla é para mim tão horrível, tão insuportável, que por causa dele eu poderia fugir do mundo.

Posso suportar toda [**121**] sujeira, só não a burguesa. Isso não é estranho?

Não sei se meu espírito está doente em mim ou se é o corpo. Faço a tentativa & imagino que algumas coisas seriam diferentes do que são, & sinto que então meu estado de saúde logo se tornaria normal. Portanto, é o espírito; & quando fico sentado, desanimado & sombrio, com meus pensamentos como que em uma neblina espessa, & sinto um tipo de dor de cabeça fraca, isso deve vir do fato de que talvez – ou provavelmente – perderei o amor de Marguerite!

Quando se está atolado na lama, só há uma coisa a fazer: caminhar. É melhor cair morto de exaustão do que morrer [**122**] se lamentando.

Espírito, não me abandone! Quer dizer, que não se apague a pequenina e fraca chama do meu espírito!

Os escritos de Kierkegaard possuem algo de provocativo & isso, naturalmente, é intencional, ainda que eu não

---

observa-se: era isso que eu queria ter dito há alguns dias ou semanas | Observamos então uma parte de uma frase e vemos: era isso que eu queria ter dito há alguns dias)

esteja certo se precisamente esse efeito que eles têm sobre mim é intencional. Não há também nenhuma dúvida de que o que me provoca me obriga a me confrontar com a sua coisa &, se essa coisa é importante, então esse confronto é bom. – E, entretanto, há algo que essa provocação condena em mim. Será isso apenas meu ressentimento? Sei[67] muito bem que Kierkegaard com sua maestria leva o estético *ad absurdum** & que ele naturalmente também quer isso. Mas é como se já houvesse em sua estética gotas de vermute, de tal maneira que ela em si & por si não tem o mesmo sabor da obra de um poeta. Ele imita o poeta por assim dizer com incrível maestria, sem contudo ser um poeta & que ele não é nenhum poeta é algo que se percebe na imitação.

É desconfortável a ideia de que alguém empregue um truque para me levar a alguma coisa. É certo que isso (usar esse truque) envolve grande coragem & que eu não teria essa coragem – nem o mais remotamente –; mas é de se questionar, caso eu tivesse essa coragem, se seria correto[68] empregá-lo. Creio que além da coragem isso também requer uma falta de amor ao próximo. Alguém poderia dizer: O que você chama de amor ao próximo é interesse [**124**] pessoal. Ora, então não conheço nenhum amor sem interesse pessoal, pois não posso interferir na felicidade eterna do outro. Somen-

---

67. [sehe | weiß] (vejo, sei)
* Em latim, no original.(N. T.)
68. [gut | recht] (bom, correto)

te posso dizer: Quero amá-lo tal como eu – que estou preocupado com minha alma – desejo que ele me ame.

Em certo sentido, ele não pode querer meu bem eterno; ele pode ser bom para mim apenas em um sentido <u>terreno</u> & ter respeito por tudo o que em mim parece revelar uma aspiração pelo mais elevado.

Quando penso em minha confissão, compreendo então o significado das palavras "... & não tivesse o amor etc.". Pois também essa confissão não me serviria de nada se ela fosse de certo modo <u>feita</u> como uma proeza ética. Mas não quero dizer que a negligenciei porque para mim a mera proeza não [**125**] era suficiente: sou covarde demais para isso.

(Proeza ética é algo que apresento para o outro, ou também somente para mim (<u>mesmo</u>), para mostrar o que posso.)

Compreendo perfeitamente o estado de espírito de meu irmão Kurt. Ele estava apenas um grau mais <u>adormecido</u> que o meu.

O movimento de pensamento em meu filosofar deveria poder se reencontrar na história de meu espírito, de seus conceitos morais & na compreensão de minha situação.

Quem tem de lutar contra (<u>nuvens de</u>) mosquitos acha uma coisa importante ter afungentado alguns deles. Mas isso é totalmente insignificante para aquele que [**126**] nada tem a ver com mosquitos. Quando resolvo questões filosóficas tenho a sensação de haver feito algo extremamente importante para toda a humanidade & não penso que as coisas me parecem tremendamente importantes (ou devo dizer: <u>me são</u> tão importantes) porque sou atormentado por elas.

15/

Um sonho desta noite: Eu chegava em um escritório para – creio eu – receber uma fatura.

A sala parecia mais ou menos assim: *a*, *b* e *c* são mesas e *d* é a porta (*c* não tão seguramente); em frente a *a* & *b* uma cadeira, na cadeira em frente a *a* estava sentado um funcionário à sua esquerda estou eu de pé. Além de mim havia na sala um grupo de pessoas muito barulhento uma delas estava sentada em frente a *b* & todas falavam com o funcionário barulhenta & alegremente & o homem em frente a [**127**] *b* assumiu uma posição especial ao traduzir, de modo divertido, para o funcionário tudo o que os outros (que estavam junto a *c*) diziam. O funcionário disse que não podia se ocupar deles & se voltou para mim. Dei a ele a fatura & ele perguntou de quem ela era. Eu gostaria de ter dito que o nome constava, nela & que ele deveria olhar por ele mesmo (ele segurava a fatura de um modo tal que não conseguia ver seu cabeçalho) mas não ousei dizer, em vez disso falei o nome: Laval ou ... de Laval. Em seguida o funcionário verificou a fatura examinando-a em um aparelho elétrico (pensei que a estava radiografando). Ela estava em um tipo de caixa embrulhada com uma toalha preta [**128**]. A cena se alterou & o espaço era agora como um pequeno laboratório. Sobre uma mesa grande estava a caixa e dela saíam fios metálicos. Eu estava sentado em uma cadeira quase como um criminoso em uma cadeira elétrica. Os fios metálicos vinham em minha direção & então em direção à parede. Eu parecia estar cercado por eles e por cordas. Não conseguia entender por que tinha de ficar sentado assim. E dizia para o funcionário: "the circuit doesn't pass through my body". Ele: "of course not". Eu (indignado): "But you have fettered me". Ele disse em seguida que apenas meu dedinho estava amarrado & "we do this to everybody"*. E nesse momento eu vi que não estava amarrado, pois os fios metálicos [**129**] & as cordas estavam enlaçadas em volta de mim, mas não estavam apertadas em lugar nenhum, & apenas meu dedinho estava preso a um gancho (na mesa?) por meio de um cordão. Fiquei em pé para testar minha liberdade & um pouco constrangido disse para o funcionário: "I'm sorry"**, eu não tinha percebido que estava (<u>completamente</u>) livre. Daí acordei.

Imediatamente após o despertar interpretei o sonho como uma metáfora que eu usava para a minha relação com Marguerite. A saber: apenas parece que estou atado a ela

---

* Em inglês, no original. (N. T.)
** Em inglês, no original. (N. T.)

com mil cordas; na realidade, essas cordas estão ao redor de mim, mas não me atam a ninguém & apenas o pequeno cordão é o vínculo entre nós.

Aquilo que você realizou não pode ser[69] para os outros mais do que você mesmo.

Eles pagarão tanto quanto lhe custou.

O cristianismo, na verdade, diz: desista de toda inteligência.

Quando digo, eu gostaria[70] de renunciar à vaidade, é questionável se não quero isso, novamente, apenas por vaidade. <u>Sou</u> vaidoso & na medida em que sou vaidoso meus desejos de melhora também o são. Eu gostaria então de ser como fulano ou sicrano que não era vaidoso & que me agrada, & já calculo de cabeça as vantagens que eu teria com a "renúncia" à vaidade. Enquanto estamos sobre o palco somos mesmo atores [**131**], independentemente do que fizermos.

Em lugar de ouvir a mim mesmo, ouço já a posteridade falar de mim em minha mente que, uma vez que me conhece, certamente é um público muito mais ingrato.

---

69. [bedeuten | sein] (significar | ser)
70. [will | möchte] (quero | gostaria)

E isto tenho de fazer: na imaginação não dar ouvidos aos outros, mas a mim mesmo. Isto é, não olhar o outro como o outro me olha – pois é assim que faço –, mas sim olhar para mim mesmo. Que truque & como infinitamente sempre volta a tentação de olhar para o outro & desviar os olhos de mim.

Do escândalo religioso se poderia também dizer: *tu te fache, donc tu as tort**. Pois uma coisa é certa: você está errado em se irritar, sua irritação [**132**] deve certamente ser vencida. E então questiona-se apenas se, ao final, o outro tem razão no que ele diz. Se Paulo diz que o Cristo crucificado é um escândalo para os judeus, isso está certo & também que o escândalo está errado. Mas a questão é: qual é a solução certa desse escândalo?

Deus como acontecimento histórico no mundo é tão paradoxal, paradoxal como se uma determinada ação em minha vida fosse pecaminosa nela & depois. Quer dizer que o fato de um momento da <u>minha</u> história ter significado eterno não é nem mais nem menos paradoxal do que o fato de um momento ou período da história mundial ter significado [**133**] eterno. Somente posso duvidar de Cristo, na medida em que também possa duvidar do meu nascimento. – Pois no mesmo tempo em que meus pecados aconteceram

---

* Em francês, no original. (N. T.)

(só que bem para trás) Cristo viveu. E então temos de dizer: se o bem & o mal são algo histórico, então também a ordenação divina do mundo & seu começo & meio temporais são imagináveis.

Mas, quando penso em meus pecados & que fiz essas ações, é só uma hipótese, por que me arrependo deles como se nenhuma dúvida a seu respeito fosse possível? O fato de eu agora me lembrar deles é minha evidência & o fundamento do meu arrependimento & da acusação de que sou covarde demais para confessá-los.

Vi as fotografias dos rostos dos agitadores corsas & pensei: esses rostos são excessivamente duros & o meu mole demais para que a cristandade possa inscrever algo neles. Os rostos desses agitadores são terríveis de se ver, sem coração, de certa maneira frios & endurecidos; e, entretanto, eles não estão mais distantes da vida correta do que eu, apenas se encontram de um outro lado do correto.

A fraqueza é um vício terrível.

11/01/32

De volta a Cambridge após ter vivenciado <u>muitas</u> coisas: Marguerite, que quer se casar comigo(!), briga na família etc. – Mas em espírito já estou tão velho, [**135**] que não posso fazer mais nada imaturo & a Marguerite não suspeita quão velho eu sou.

Apareço para mim mesmo <u>como um homem velho</u>.

Meu trabalho filosófico me aparece agora como um desvio do difícil, como uma distração um divertimento ao qual me entrego com uma consciência não totalmente boa. Como se eu fosse ao cinema, em vez de cuidar de um doente.

Pode-se imaginar uma pessoa que desde o seu nascimento até a sua morte sempre dormiu ou viveu em um tipo de semissono ou ligeiro torpor. Assim é a minha vida em comparação com as pessoas que realmente [**136**] vivem (penso aqui precisamente em Kierkegaard). Se uma pessoa que sempre viveu em semissono despertasse por um minuto lhe pareceria um milagre ser algo & ela não ficaria inclinada a se incluir entre os gênios.

Quase nenhuma das minhas observações críticas acerca de mim mesmo foi <u>totalmente</u> escrita sem o sentimento de que pelo menos é bom que eu veja meus erros[71].

28/01/32
Que tenho pouco respeito pelo meu próprio desempenho é algo que se mostra no fato de que só com uma grande

---

71. [daß ich mich tadle | daß ich meine Fehler sehe] (que eu me recrimine | que eu veja meus erros)

137 reserva eu reconheceria ou apreciaria uma pessoa [**137**] acerca da qual eu tivesse motivo para crer que represente em uma outra área o que sou na filosofia.

Hoje tive o seguinte sonho estranho: alguém (era Lettice?) me falava de uma pessoa que se chamava Hobbson "with mixed b"*; o que significava que se pronuncia "Hobpson". – Despertei & me lembrei de que Gilbert tinha me falado uma vez sobre a pronúncia de uma palavra[72]: "pronounced with mixed b"**, que eu entendi "... mixed beef"*** & não compreendi o que ele queria dizer, pois parecia que ele tinha achado que a gente precisava ter na boca um prato
138 chamado "mixed beef"**** ao pronunciar a palavra [**138**] & que, quando compreendi o que Gilbert havia dito, disse isso como piada. Lembrei imediatamente de tudo ao despertar. E então isso foi me parecendo cada vez menos plausível & apenas pela manhã quando já estava vestido pareceu-me ser um evidente absurdo. (Aliás, se examinarmos esse sonho mais a fundo, ele conduz a pensamentos sobre a mistura de raças e a coisas que nesse contexto são importantes para mim.)

---

   * Em inglês, no original. (N. T.)
72. [Namens | Wortes] (de um nome | de uma palavra)
 ** Em inglês, no original. (N. T.)
 *** Em inglês, no original. (N. T.)
**** Em inglês, no original. (N. T.)

Uma alma que vai mais nua do que as outras do nada ao inferno, através do mundo, produz no mundo uma impressão maior do que as almas burguesas vestidas.

Marguerite só consegue permanecer fiel a mim porque sou como um refúgio para ela. [**139**] Isso ela também conseguirá & deverá fazer se vier a se apaixonar por um outro homem. Ficaria então claro a que eu tenho direito nela. Posso convencê-la a permanecer fiel a mim como seu refúgio; qualquer outra coisa seria tirar proveito de sua calamidade atual.

Possuo uma alma mais nua do que a maior parte das pessoas & nisso consiste, por assim dizer, minha genialidade.

Mutile completamente uma pessoa & corte fora seus braços & pernas, nariz & orelhas & então o que resta do seu respeito por si próprio & de sua dignidade & em que medida seus conceitos sobre [**140**] tais coisas ainda são os mesmos. Nem sequer suspeitamos como esses conceitos dependem do estado habitual, normal de nosso corpo. O que aconteceria com eles se fôssemos conduzidos por uma corda amarrada a um anel atravessado em nossa língua? Quanto sobra de uma pessoa nessas condições? Em que estado uma pessoa assim sucumbe? Não sabemos que estamos sobre um rochedo estreito e alto & que há em volta de nós abismos, em que tudo aparece de uma maneira totalmente distinta.

A adoção de nomes antigos de moedas "Groschen", "Thaler", é característica para o que hoje é a Áustria, & também para o estado dos países [141] europeus em geral.

Isso está relacionado ao renascimento de danças folclóricas & trajes típicos & de um tipo de idiotização.

O principal movimento de meu pensamento é hoje um totalmente distinto[73] do que há 15-20 anos.

E isso é semelhante a quando um pintor passa de uma linha para uma outra.

– O judaísmo é altamente problemático, mas não confortável. E ai do autor que acentuar o lado confortável. Penso em Freud quando ele falava do humor judaico.

M. precisa de mim como agente corretivo, mas não como seu [142] único proprietário.

Tenho às vezes a sensação de que meu entendimento seria um bastão de vidro sobrecarregado & que pode se quebrar a qualquer momento.

Meu espírito parece então ser extraordinariamente frágil.

---

73. [ganz anders | eine ganz andere] (totalmente distinto | um totalmente distinto)

Há um espaço de pensamento em que, ao adormecer, podemos viajar mais longe ou menos longe &, ao despertar, há um regresso de uma distância[74] maior ou menor.

Skjolden 19/11/36

Há cerca de 12 dias escrevi a Hänsel uma confissão sobre minhas mentiras em relação à minha ascendência. Desde então não paro de refletir sobre [**143**] isso, sobre como devo & posso fazer uma confissão total a todos os meus conhecidos. <u>Espero</u> & <u>temo</u>! Hoje me sinto um pouco doente, resfriado. Pensei: "Será que Deus quer dar cabo de mim antes que eu possa fazer o difícil?" Que eu possa ficar bom!

20/11

Débil & sem vontade de trabalhar, ou realmente in<u>capaz</u>. Mas isso não seria nenhum mal terrível. Eu poderia ficar sentado & repousar. Mas então minha alma se obscurece. Quão facilmente eu me esqueço dos benefícios do céu!!

Após ter feito essa <u>única</u> confissão é como se eu não pudesse manter por mais tempo todo o edifício de mentiras, é como se ele tivesse de desabar completamente. Como se já tivesse desmoronado todo! De modo que o sol pudesse brilhar sobre a grama & os escombros.

---

74. [Weite | Entfernung]

144   O mais difícil para mim é pensar [**144**] em uma confissão em relação a Francis, pois temo por ele & pela medonha responsabilidade com que tenho, então, de arcar. *Apenas o amor pode suportar isso. Que Deus me ajude.*

21/

Recebi de Hänsel uma bela & tocante resposta à minha carta. Ele diz na carta que me admira. Que cilada! Ele se recusa a mostrar a carta a outros amigos & parentes. Por isso hoje escrevi uma confissão mais longa & mais completa a Mining. Estou tentado a pensar levianamente sobre isso!

As porcas de parafuso, há pouco apertadas, ficam logo novamente frouxas porque aquilo que elas devem apertar
145 [**145**] cede novamente.

Sempre sinto alegria pelas minhas próprias boas metáforas; tomara que não seja uma alegria fútil.

Você não pode chamar Cristo de Salvador sem chamá-lo de Deus. Pois um ser humano não pode salvar você.

23/

Falta também a meu trabalho (meu trabalho filosófico) seriedade & amor à verdade. – Como também frequentemente dissimulava nas aulas fingindo já ter compreendido algo, enquanto ainda tinha a esperança de que ele me fosse esclarecido.

24/
Hoje enviei a Mining a carta com uma confissão. Apesar de a confissão ser sincera, falta-me ainda a seriedade que a situação requer.

25/
Hoje Deus permitiu que eu me desse conta – pois não posso dizer isso de outra maneira – de que deveria fazer uma confissão de meus erros às pessoas daqui. E eu disse que não poderia! Não quero apesar de dever. Não ouso confessar-me nem a Anna Rebni & a Arne Draegni. Assim vejo que sou um pobre coitado. Não muito depois de me ter dado conta disso, eu disse para mim mesmo que estaria preparado para me deixar crucificar.

Gostaria <u>tanto</u> que todas as pessoas tivessem uma boa imagem de mim! Mesmo que ela seja falsa; & eu saiba que é falsa! –

Isso me foi <u>dado</u>, – & eu gostaria de ter um elogio para isso! Ensina-me –!

30/11
Sopra uma tempestade e não consigo [**147**] *concatenar minhas ideias. –*

01/12
Uma proposição pode parecer absurda e o caráter absurdo de sua superfície pode ser engolido pela profundidade que fica como que por trás dela.

Isso pode ser aplicado à ideia da ressurreição dos mortos & a outras ligadas a ela. – Mas o que lhe dá profundidade é a aplicação: a <u>vida</u> que leva aquele que acredita nela.

Pois essa proposição pode, por exemplo, ser a expressão da mais alta responsabilidade. Pois pense que você <u>seja</u> colocado diante do juiz! Que aspecto teria a sua vida, como ela apareceria para <u>você mesmo</u> quando estivesse diante dele? Isso sem levar em conta como é que ela apareceria a <u>ele</u> & se ele seria ou não compreensivo, misericordioso ou não.

"Branco é também um tipo de preto."

148   27/01/37

*De regresso de Viena & da Inglaterra, na viagem de Bergen para Skjolden. Minha consciência me mostra a mim mesmo como uma pessoa desgraçada; fraco, quer dizer, desejoso de não sofrer, <u>covarde</u>: com medo de causar uma impressão desfavorável nos outros, por exemplo, no porteiro do hotel, no criado, **etc**. Impudico. Sinto que o mais difícil para mim é, porém, a acusação de covardia. Logo atrás dela há, contudo, a de falta de amor (& a presunção). Mas a <u>vergonha</u> que agora sinto também não é nada de bom na medida em que sinto minha derrota externa de maneira mais forte do que sinto a derrota da verdade. Meu orgulho & minha vaidade estão feridos.*

Na Bíblia não tenho nada diante de mim senão um livro. Mas por que digo "nada senão um livro"? Tenho um livro diante de mim, [**149**] *um <u>documento</u> que, se continuar sozinho, não pode ter mais valor do que qualquer outro documento.*

*(É isso que Lessing quis dizer.) Esse documento em si não pode me "vincular" a nenhuma crença nas doutrinas que ele contém, – assim como <u>qualquer outro</u> documento que me pudesse cair nas mãos. Devo acreditar nas doutrinas não porque isso assim me foi ensinado & não algo diferente. Ao contrário, elas devem me ser <u>evidentes</u>: & com isso estou pensando não apenas nas doutrinas da ética, mas nas doutrinas da <u>história</u>. Não a escritura, mas só a consciência pode me ordenar – a crer na ressurreição, no juízo final **etc.** Crer, não como em algo provável, mas sim em um <u>outro</u> sentido. E minha descrença somente pode ser transformada em acusação contra mim, na medida em que* [**150**] *minha consciência ordena a crença – se é que há algo assim – ou me acusa de baixezas que, de uma maneira <u>que não conheço</u>, não me deixam chegar a ter fé. Isso significa, assim me parece, que devo dizer: Você não pode saber agora absolutamente nada sobre uma tal fé, ela tem de ser um estado de espírito do qual você nada sabe e que não lhe diz respeito, enquanto sua consciência não revelá-lo para você; em contrapartida, você tem agora de seguir o que sua consciência lhe diz. Não pode haver para você uma controvérsia sobre a fé pois você não sabe (não conhece) <u>do que</u> se trata essa controvérsia. O sermão pode ser a precondição da fé, mas, por meio do*

151 *que nele se passa, ele não pode* [**151**] *querer mover a fé. (Se essas palavras pudessem obrigar a ter fé, então também outras palavras poderiam obrigar a ter fé.) A fé começa com a <u>fé</u>. Tem-se de começar com a fé; nenhuma fé decorre de palavras. Basta.*

– – – Mas não existem tantas maneiras de se interessar por tinta & papel? Eu não me interesso por tinta & papel quando leio uma carta atentamente? Pois ao menos nesse momento olho atentamente para os riscos de tinta. – "Mas eles são aqui apenas um meio para um fim!" – Mas um meio muito <u>importante</u> para um fim! – Certamente podemos imaginar outras investigações sobre tinta & papel que não nos interessam, que pareceriam totalmente insignificantes
152 para nosso fim. Mas o que nos interessa [**152**] será mostrado pelo tipo de nossa[75] investigação. Nosso objeto é, assim o parece, sublime &, então, ele não deveria tratar, gostaríamos de acreditar[76], de objetos triviais &, em certo sentido, incertos, mas sim de objetos indestrutíveis

[Ao viajar posso observar um fenômeno que me é extraordinariamente característico: a não ser que as pessoas me causem uma impressão especial, em função de sua aparência ou de seu comportamento, eu as julgo inferiores a mim: isso significa que eu estaria inclinado a utilizar as palavras "<u>comum</u>", 'alguém da massa' & coisas do gênero ao falar delas. Talvez eu não <u>dissesse</u> isso, mas o olhar que eu lhes dirigiria

---

75. [der | unserer] (da | nossa)
76. [scheint es | möchte man glauben] (parece | gostaríamos de acreditar)

inicialmente o diria. Já há um julgamento nesse olhar. Um julgamento totalmente infundado & injusto. E que também seria injusto se [**153**] a pessoa, após um contato mais próximo, se mostrasse realmente muito comum, isto é, muito superficial. Certamente sou singular em muitas coisas & por isso, muitas pessoas se comportam de maneira comum quando comparadas comigo; mas em que consiste minha singularidade?]

Se nossas observações tratam de palavras & frases, então elas deveriam tratá-las em um sentido mais ideal do que aquele segundo, quando uma palavra pode ser apagada, é difícil de ler, e assim por diante. – Somos, assim, levados a querer contemplar, em lugar da palavra, a 'representação' da palavra. Queremos chegar a algo mais puro, mais claro, a algo não hipotético. [A isso se refere a observação no volume XI.]

28/01

Ainda na viagem de navio. Chegamos a um lugar de desembarque & vi a corda com a qual o navio foi amarrado [**154**] & me veio o pensamento: ande sobre a corda; você, naturalmente, cairá na água após poucos passos – mas a água não era profunda & eu apenas ficaria molhado, mas não iria me afogar; &, antes de tudo, naturalmente ririam de mim ou me tomariam por um pouco louco. Recuei imediatamente da ideia de fazer isso & logo tive de me dizer que não sou um homem livre, mas sim um escravo. É claro que teria sido "irracional" seguir o impulso; mas o que isso significa? Eu compreendia o que significa dizer que a fé salva, quer dizer, que ela libera a pessoa do medo ao colocá-la imediatamente sob Deus. Ela se torna, por assim dizer, próxima ao reino de Deus. É uma fraqueza não ser um herói, mas é uma fraqueza ainda maior bancar o herói, não tendo nem mesmo a força para reconhecer [**155**] claramente e sem ambiguidade o déficit no balanço. E isso significa: tornar-se modesto: não em algumas palavras que se diz uma vez, mas sim na vida.

É correto ter um ideal. Mas como é difícil não querer brincar com o ideal! E sim vê-lo a distância em que ele está! Sim, será que isso é possível, – ou em relação a isso teríamos de nos tornar bons ou loucos? Essa tensão, se fosse completamente compreendida, não teria de tornar o homem capaz de tudo ou então destruí-lo?

Jogar-se nos braços da misericórdia seria aqui uma saída?

Esta noite tive o seguinte sonho: eu estava com Paul & Mining, era como uma plataforma avançada de um vagão do bonde mas não estava claro que era isso. Paul contava a Mining como meu cunhado Jerome estava entusiasmado [**156**] com meu inacreditável talento musical; eu teria, no dia anterior, cantado tão maravilhosamente em um coro uma obra de Mendelssohn, "As bacantes" (ou algo parecido); era como se tivéssemos tocado essa música entre nós em casa & eu tivesse cantado[77] de maneira extraordinariamente

---

77. [mitgewirkt | mitgesungen] (participado | cantado junto)

expressiva & também com gestos especialmente expressivos. Paul & Mining pareciam concordar perfeitamente com o elogio de Jerome. Jerome teria dito uma ou outra vez: "Que talento!" (ou algo parecido; não me lembro com certeza) Eu tinha nas mãos uma planta murcha com sementes escuras nas pequenas bainhas já abertas & pensava: se eles, por acaso, me falarem que é uma pena meu talento musical ser perdido, mostrarei a eles a planta & direi que a natureza também não é econômica com suas sementes [**157**] & que não se deve ser medroso & que se pode tranquilamente jogar fora uma semente. Tudo estava cheio de presunção. – Acordei & fiquei com raiva, ou me envergonhei, por causa da minha vaidade. – Não foi um sonho do tipo que eu estava acostumado a ter muito frequentemente nos últimos 2 meses (mais ou menos): sonhos em que ajo de forma desprezível, por exemplo, minto & desperto com a sensação: graças a Deus que era um sonho; & tomo o sonho como uma espécie de advertência. *Tomara que eu não me torne totalmente vil nem louco! Possa Deus ter piedade de mim.*

30/01

Sinto-me fisicamente doente; estou extraordinariamente fraco e tenho uma certa sensação de vertigem. Se pelo menos eu assumisse uma postura correta relativamente ao meu estado físico! Sou ainda hoje como um garotinho diante do dentista, quando sempre confundi as dores reais com o medo [**158**] *das dores, não sabendo realmente onde acabava uma & começava a outra.*

Nosso objeto é de fato sublime, – como pode ele, então, tratar de signos escritos ou falados?

Ora, falamos do <u>uso dos signos</u> como signos (& naturalmente o uso de signos não é um objeto; que como o autêntico & interessante se defronta com o signo como seu mero representante.)

Mas o que há de profundo[78] no uso dos signos? Nesse ponto, eu me recordo, em primeiro lugar, que é comumente atribuído aos nomes um papel mágico, &, em segundo lugar, que os problemas que surgem por meio de uma má compreensão das formas de nossa linguagem[79] possuem sempre o caráter do profundo.

159   *Lembre-se*!

31/01

Pense em como o substantivo "tempo" nos dá a ilusão de um médium; em como ele pode nos enganar, fazendo com que persigamos (<u>aqui e ali</u>) um fantasma.

<u>Adão dá</u> nome aos animais – – –

Deus, faça com que eu seja piedoso, mas <u>não</u> exaltado!

Sinto como se meu entendimento estivesse em um estado de equilíbrio muito instável; como se um encontrão

---

78. [Sublimes | Tiefes] (de sublime | de profundo)
79. [unserer Sprachformen | der Formen unserer Sprache] (nossas formas linguísticas | das formas de nossa linguagem)

relativamente pequeno pudesse levá-lo a virar. É como quando às vezes a pessoa se sente próxima do choro, sente o choro convulsivo que se aproxima. Ela deve então tentar respirar calma, regular e profundamente, até que a crise passe. E se Deus quiser vou conseguir.

02/02

Ao filosofar recorde, no tempo certo, com que satisfação crianças (& [**160**] também as pessoas simples) escutam que <u>essa</u> é a maior ponte, a torre mais alta, a maior velocidade ... etc. (As crianças perguntam: "qual é o maior número?") Nenhuma outra coisa é possível senão que um tal impulso tem de produzir todo tipo de preconceitos filosóficos & consequentemente confusões filosóficas.

03/02

Você não deve conquistar as comodidades da vida como um ladrão. (Ou como um cachorro que rouba um osso & sai correndo com ele.)

Mas o que isso não significa para a vida!!

04/02

Posso muito bem rejeitar[80] a solução cristã para o problema da vida (salvação, ressurreição, juízo final, céu, inferno),

---

80. [zurückweisen | ablehnen] (repelir | rejeitar)

mas com isso não é resolvido o problema da minha vida, pois não sou bom & não sou feliz. Não estou [**161**] salvo. E como posso, então, saber o que me apareceria como única imagem aceitável da ordem do mundo se eu vivesse de uma maneira diferente, de uma maneira totalmente diferente. Não posso julgá-lo. Uma vida diferente traz para o primeiro plano imagens completamente diferentes, torna <u>necessárias</u> imagens completamente diferentes. Como a necessidade ensina a rezar. Isso não significa que modifiquemos necessariamente nossas <u>opiniões</u> por causa de uma vida diferente. Mas quando vivemos de uma maneira diferente também falamos de uma maneira diferente. Com uma nova vida aprendemos novos jogos de linguagem.

Pense, por exemplo, mais na morte, – & seria estranho se por meio disso você não conhecesse novas representações, novas regiões da linguagem.

05/02

Por algum motivo não posso trabalhar. Meus pensamentos não avançam [**162**] & estou <u>desorientado</u>, não sei o que fazer nessa situação. *Parece que desperdiço inutilmente o tempo aqui.*

06/02

No bom sentido, um artista é "difícil de compreender" quando a compreensão nos revela mistérios, e não um truque que não havíamos compreendido.

07/02

Falta de novo à minha escrita piedade & devoção. Eu me preocupo, dessa maneira, com o fato de que o que estou produzindo agora possa parecer a Bakhtin pior do que aquilo que dei a ele. *Como pode surgir algo de bom de uma tal burrice.* –

08/02

O nome ideal é um ideal; isto é, uma imagem, uma <u>forma da representação</u> a que tendemos. Queremos representar <u>a</u> destruição & a mudança como separação & [**163**] <u>reagrupamento</u> de elementos. Essa ideia poderia ser chamada, em um certo sentido, de sublime; ela é sublime porque contemplamos a totalidade do mundo por meio dela. Mas nada é mais importante do que tornar claro para nós mesmos quais <u>fenômenos</u>, quais <u>casos</u> simples, caseiros, são a imagem originária <u>para</u> essa ideia. Isso quer dizer: Quando você estiver tentado a fazer enunciados metafísicos gerais pergunte (<u>sempre</u>): em que casos estou realmente pensando aqui? – Que tipo de caso, de representação tenho então em mente? Algo em nós resiste a essa pergunta, pois parece que com isso ameaçamos o ideal: ao passo que só o que fazemos é colocá-lo no lugar a que ele pertence. Pois ele deve ser a imagem com a qual comparamos a realidade, e por meio da qual[81] representamos como ela se comporta[82]. Não uma imagem segundo a qual falsificamos a [**164**] realidade.

---

81. [mit [dessen Hilfe | wodurch] (com cuja ajuda | por meio da qual)
82. [wie sie ist; nicht | wie es sich verhält. Nicht] (como ela é; não | o que ocorre. Não)

Por isso iremos sempre voltar a perguntar: "De onde vem essa imagem?" para a qual reivindicamos um significado[83] tão geral.

A "concepção sublime" obriga-me a sair do caso concreto, pois o que digo não combina com ele. Vou, assim, para uma região etérea, falo do signo <u>autêntico</u>, de regras que precisam existir (apesar de eu não poder dizer onde & como), – & me encontro 'sobre o gelo escorregadio'.

09/02

Um sonho: viajo em um trem & vejo uma paisagem através da janela: um vilarejo & bem no plano de fundo vejo algo que se parece com dois grandes montgolfiere. Alegro-me com o que vejo. Então eles sobem, mas fica claro que se trata de apenas <u>um</u> [**165**] montgolfiere com uma estrutura semelhante a um paraquedas sobre ele. Ambos de um vermelho amarronzado. No local de onde ele subia, o solo parece enegrecido, como que por fogo. Mas daí estou também voando em um balão.

O cesto é como um cupê & vejo através da janela que o montgolfiere, como que empurrado pelo vento, se aproxima de nós. É perigoso, pois nosso balão pode pegar fogo. Então o montgolfiere fica muito perto. Suponho que a nossa equipe, que eu imagino em meu cupê, esteja tentando

---

83. [Anwendbarkeit] | Bedeutung (aplicabilidade | significado)

afastar o montgolfiere de nós. Mas acredito que talvez ele já tenha nos tocado. Fico, então, deitado de costas no cupê; & penso: a qualquer momento pode ocorrer uma explosão horrível & será o fim de tudo.

Tenho pensado frequentemente na morte, & em como subsistirei na angústia da morte; & o sonho está ligado a isso.

13/02

Minha consciência me atormenta & não me deixa trabalhar. Li alguns escritos de Kierkegaard & isso me fez ficar mais intranquilo do que já estava. Não quero sofrer; é isso que me intranquiliza. Não quero renunciar a qualquer conforto ou a um prazer. (Não iria, por exemplo, jejuar ou mesmo apenas prejudicar minha alimentação.) Mas também não quero me colocar contra qualquer pessoa & criar desavenças para mim. Pelo menos não se o caso não é colocado imediatamente sob meus olhos. Mas mesmo assim temo que eu queira me esquivar. Além disso, possuo uma inextinguível falta de modéstia. Gostaria sempre, mesmo com tudo o que há de lastimável[84] em mim, de me comparar com as [**167**] pessoas mais importantes. *É como se eu só pudesse encontrar consolo no conhecimento de meu estado lastimável.*

Deixe-me insistir em que <u>não quero enganar a mim mesmo</u>. Quer dizer, sempre quero admitir para mim mesmo

---

84. [Elendigkeit | Jämmerlichkeit] (miserável | lastimável)

que algo <u>que reconheço como uma exigência</u> é uma exigência também para mim. Isso está completamente de acordo com minha fé. Com a minha fé tal como ela é. Decorre daí que ou satisfarei a exigência ou sofrerei por não satisfazê-la, pois não posso confrontar-me com ela & não sofrer por não satisfazê-la. Mas além disso: <u>a exigência é</u> alta[85]. Quer dizer: independentemente do que possa ser falso ou verdadeiro no Novo Testamento, de uma coisa não se pode duvidar: que eu, para viver <u>corretamente</u>, teria de viver de uma maneira muito diferente da que me agrada. Que a vida é muito mais séria do que parece na superfície. A vida é de uma seriedade terrível.

Porém, a coisa mais elevada que estou preparado para [**168**] satisfazer é: "ser feliz no meu trabalho". Quer dizer: <u>não imodesto</u>, benévolo, não diretamente mentiroso, não impaciente na desgraça. Não que eu satisfaça a essas exigências! mas posso aspirar a satisfazê-las. Mas ao que fica mais elevado não posso, ou não quero, aspirar, posso apenas reconhecer & *pedir que a pressão desse reconhecimento não se torne excessivamente medonha*, quer dizer, que ele me <u>deixe viver</u>, que ele, então, não obscureça meu espírito.

É preciso, por assim dizer, que uma luz atravesse o revestimento, o teto sob o qual trabalho e acima do qual não quero subir.

---

85. [<u>furchtbar</u> | hoch] (terrível | alto).

15/02

Assim como o inseto fica voando em torno da luz, fico girando em torno do Novo Testamento.

Tive ontem este pensamento: se abstraio <u>completamente</u> de castigos no além [**169**]: será que considero correto que uma pessoa durante toda sua vida sofra pela justiça e então morra talvez de uma morte terrível, – & não receba nenhuma recompensa por essa vida? Admiro sim uma tal pessoa, a coloco bem acima de mim, & por que não digo que ela era uma besta por ter empregado sua vida assim. <u>Por que</u> ela não é burra? Ou então: <u>por que</u> ela não é a "mais miserável das pessoas"? Não é o que ela deveria ser se <u>todo</u> o fato é que ela teve uma vida terrível até o seu fim? Pensemos agora que eu respondesse: "Não, ela <u>não</u> foi burra, pois <u>após</u> a morte ela está bem". Isso também não é satisfatório. Ela <u>não</u> me parece ser burra, ao contrário, me parece ter feito o que era <u>certo</u>. Além disso, parece que posso dizer: <u>ela</u> faz o que é correto, pois recebe a recompensa <u>certa,</u> e mesmo assim não posso [**170**] pensar essa recompensa como recompensa após sua morte. "<u>Essa pessoa tem de ir para casa</u>" gostaria eu de dizer assim de alguém.

Imaginamos habitualmente a eternidade (da recompensa ou do castigo) como uma duração sem fim. Mas poderíamos imaginá-la igualmente bem como um instante. Pois em um instante podemos experienciar <u>todos os terrores</u> & toda felicidade. Se você quer imaginar o inferno não precisa pensar em martírios sem fim. Pelo contrário eu diria: Você sabe de que indizível crueldade uma pessoa é capaz? Pense nisso & saberá o que é o inferno, apesar de aqui não se tratar absolutamente de duração.

171 E, além disso, a pessoa que sabe de que crueldade ela própria é capaz sabe que isto ainda não é [**171**] nada em comparação com algo ainda muito mais terrível que permanece como que encoberto, enquanto ainda podemos ficar distraídos com as coisas de fora. (A última fala de Mefisto no Fausto de Lenau.) O <u>abismo do desespero</u> não pode se mostrar na vida. Podemos apenas observá-lo até uma certa profundidade, pois "onde há vida há esperança". Em Peer Gynt é dito: "Compramos caro demais o pouco de vida com uma hora de tremedeira assim que nos consome". – Quando sentimos dores, dizemos então algo como: "Essas dores já estão durando 3 horas, quando irão finalmente acabar?" mas no desespero não pensamos: "já está durando tanto!", pois, em um certo sentido, o tempo não passa de jeito nenhum.

Não se pode, então, dizer a alguém, & não posso dizer
172 a mim mesmo: "Você faz[86] bem em temer o [**172**] desespero! Você tem de viver de uma tal maneira que no final sua vida não possa culminar no desespero. E não podemos dizer para o sentimento: agora é tarde demais". E me parece que a vida poderia culminar em algo diferente.

---

86. [hast | tust]

Mas você consegue imaginar que a vida de uma pessoa <u>verdadeiramente justa</u> culmine também apenas dessa maneira? Tal pessoa não deveria receber a "coroa da vida"? Não exijo nada diferente para ela? Não exijo para ela glorificação?! Sim! Mas como posso imaginar sua[87] glorificação? Segundo meu sentimento, eu poderia dizer: ela não apenas tem de ver a luz, mas ir imediatamente para a luz, formar com ela um único ser, – e coisas assim. Eu poderia, portanto, assim parece, empregar todas as expressões que a religião efetivamente emprega aqui.

Portanto, essas imagens se impõem a mim. E, entretanto, tenho receio de empregar essas [**173**] imagens & expressões. Antes de tudo, naturalmente elas não são <u>metáforas</u>.

Pois o que pode ser dito por meio de uma metáfora também pode ser dito sem ela.

Essas imagens & expressões têm, <u>antes</u>, sua vida unicamente em uma esfera <u>elevada</u> da vida apenas nessa esfera elas podem com razão ser utilizadas. <u>Eu</u> poderia, para dizer a verdade, fazer apenas um gesto que significa algo semelhante a "indizível", & não dizer nada. – Ou será que essa aversão incondicional a empregar aqui palavras é uma espécie de fuga? Uma fuga de uma realidade? Não creio; mas[88] eu não sei. *Não me deixe esquivar de qualquer conclusão, nem ser também incondicionalmente supersticioso!! <u>Não quero pensar de maneira impura!</u>*

---

87. [die | seine] (a | sua)
88. [. Aber | ; aber] (. Mas | ; mas)

16/02/37

Deus! Deixe-me chegar a uma relação contigo em que eu possa "ser feliz no meu trabalho! [**174**] *Acredite que Deus pode exigir tudo de você a todo momento! Esteja realmente consciente disso! Então peça que ele dê a você o presente da vida! Pois a qualquer momento você pode ficar louco ou completa & totalmente infeliz se não fizer alguma coisa que é exigida de você!*

Uma coisa é falar com Deus & uma outra falar de Deus com os outros.

Mantenha meu entendimento puro & imaculado! –

Eu gostaria de ser profundo; – &, entretanto, recuo diante do abismo no coração das pessoas! –

Eu me dobro sob o suplício de não poder trabalhar, de me sentir extenuado, de não poder viver sem ser perturbado por ataques. E quando, então, reflito [**175**] sobre aquilo que outros – que realmente foram alguma coisa – tiveram de sofrer, vejo que, em comparação, o que vivencio não é <u>nada</u>. E, entretanto, eu me dobro sob uma pressão comparativamente ínfima.

Meu conhecimento é na verdade: quão terrivelmente infeliz o ser humano pode se tornar. O conhecimento de um abismo; & eu gostaria de dizer: Deus faça com que esse conhecimento não se torne mais claro.

E realmente não posso trabalhar agora. A fonte secou para mim & não sei como encontrá-la.

17/02

Sempre volto a me deparar[89] *com pensamentos* ordinários, *sim, com os pensamentos mais ordinários. Hipocrisia do tipo mais ridículo & onde se trata do mais elevado.*

Como alguém que temerariamente caminha na fina camada de gelo sobre águas profundas, assim trabalho hoje um pouco, enquanto[90] *isso me é concedido.* [**176**]

O momento terrível na norte fatal deve ser o pensamento: "Ah, se eu tivesse apenas... Agora é tarde demais". "Ah, se eu tivesse apenas vivido corretamente!" E o instante bem-aventurado deve ser: "Agora está consumado!" – Mas como deve ter vivido uma pessoa para poder se dizer isso! Penso que aqui também deve haver graus. *Mas eu mesmo, onde estou* eu? *Quão longe do bem & quão próximo da extremidade inferior!*

18/02

Tenho muita saudade de Francis. Temo por ele. Tomara que eu faça o que é correto.

Poucas coisas são tão difíceis para mim como a modéstia. Noto isso agora novamente ao ler Kierkegaard. Nada é tão difícil para mim quanto me sentir inferiorizado; apesar de se [**177**] tratar apenas de ver a realidade como ela é.

---

89. [*ertappe* | *finde*] (me surpreendo | me deparo)
90. [*da* | *soweit*] (porque | na medida em que)

Estaria eu em condição de oferecer meus escritos a Deus em sacrifício*?

Para mim seria muito melhor ouvir: "Se você não fizer isso vai desperdiçar a sua vida.", do que: "Se você não fizer isso, será punido".

A primeira frase significa na verdade: se você não fizer isso sua vida será uma <u>ilusão</u>, não terá verdade nem profundidade.

19/02

Esta noite, quase de manhã, me veio a ideia de que eu deveria dar de presente o velho suéter que há muito já havia me proposto a dar. Na hora me veio então, como se fosse uma ordem, o pensamento de que eu deveria ao mesmo tempo dar de presente também o novo suéter que eu – aliás, sem ter realmente necessidade – comprei recentemente nas montanhas (gosto muito dele). Essa 'ordem' [**178**] fez com que eu sentisse imediatamente um tipo de consternação & revolta, como frequentemente nos últimos 10 dias. Isso não significa, contudo, que eu esteja tão apegado a esse suéter (embora isso de certo modo venha ao caso), mas sim o que me "revolta" é que algo assim & aliás <u>tudo</u> possa ser exigido de mim; e precisamente <u>exigido,</u> – e não recomendado como bom ou desejável. A ideia de que posso estar perdido se não

---

* Wittgenstein escreve simplesmente *G.z.o.*, o que é interpretado pelo editor alemão como abreviatura para *Gott zu opfern* (sacrificar a Deus). (N. T.)

fizer isso. – Alguém poderia simplesmente dizer: "Bem, não dê o suéter! E daí?" – Mas e se eu ficar infeliz por causa disso? Mas o que significa, então, a revolta? Não se trata de uma revolta contra <u>fatos</u>? – Você diz: "Pode ser que seja exigido de mim o que há de mais terrivelmente difícil". "O que significa isso? Significa: pode ser que amanhã eu sinta (por exemplo) que tenho de [**179**] queimar meus manuscritos; quer dizer que, se eu não os queimar, minha vida vai se tornar (<u>por meio disso</u>) uma <u>fuga</u>. Que com isso estarei isolado do bom, da fonte da vida. E, eventualmente, por meio das mais diversas farsas, terei entorpecido o conhecimento de que assim sou. E quando eu morrer então esse autoengano teria um fim.

Além disso, é verdade que por meio de <u>reflexões</u> não posso transformar uma coisa que, <u>em meu coração</u>, me aparece como farsa em algo correto. Nenhuma <u>razão</u> do mundo poderia, por exemplo, comprovar que meu trabalho é importante & que é algo que posso & devo fazer, se meu coração – sem nenhuma <u>razão</u> – diz que devo abandoná-lo. Alguém poderia dizer: "É o bom Deus que decide o que é farsa". Mas não quero [**180**] empregar essa expressão agora. <u>Pelo contrário</u>: não posso & não devo me convencer por <u>nenhuma razão</u> que, por exemplo, o trabalho é algo correto. (As razões que as pessoas me diriam – utilidade etc. – são ridículas). – Isso significa ou não significa que meu trabalho & tudo o que além dele me dá prazer são um <u>presente</u>? Isto é, que não posso me apoiar sobre eles como se fossem algo de sólido, mesmo <u>abstraindo do fato</u> de que eles podem ser tirados de mim por um acidente, doença etc. Ou, talvez mais corretamente: se me apoiei sobre eles porque eram sólidos para mim, & eles deixam de <u>ser</u> sólidos para mim, uma vez que sinto uma dependência que não sentia anteriormente (nem chego a dizer: <u>identifico</u> agora uma dependência que antes não havia identificado), então [**181**] tenho de aceitar isso como um fato. O que era sólido para mim agora parece poder flutuar & afundar. Quando digo que tenho de aceitar isso como um fato, o que tenho em mente é realmente: tenho de me confrontar com isso. Não devo <u>olhar fixamente</u> para isso com horror, mas ser feliz apesar disso. E o que significa[91] isso para mim? – Alguém poderia dizer: "Tome um remédio para que essa ideia de dependência passe (ou então procure por um)". E eu poderia naturalmente imaginar que ela vai passar. Também talvez por meio de uma modificação daquilo que me cerca. E se alguém me disser que agora estou doente, talvez isso seja <u>verdadeiro</u> também. Mas o que isso quer dizer? – Isso significa: "<u>Fuja desse estado!</u>" E, supondo que ele cesse imediatamente, meu coração deixará de olhar para o abismo e poderá dirigir sua atenção [**182**] novamente para o <u>mundo</u> – mas com isso não se responde a questão acerca do que devo[92] fazer se isso não ocorrer

---

91. [heißt | bedeutet] (quer dizer | significa)
92. [muß | soll] (tenho de | devo)

comigo (pois isso não ocorre simplesmente porque assim o desejo). Na verdade eu poderia, então, certamente procurar por algo contra esse estado, mas enquanto faço isso, ainda <u>estou</u> nesse estado (também não <u>sei</u> se & quando ele vai passar) & devo, portanto, fazer o que é correto, o que é meu dever em meu estado <u>presente</u>. (Pois nem mesmo sei se haverá um estado futuro.) Embora eu possa ter a esperança de que esse estado mude, tenho de me arranjar com ele. E como faço isso? O que tenho de fazer para que ele, <u>tal como é</u>, seja suportável? Que atitude[93] devo assumir em relação a ele? A da revolta? Isso é a morte! Na revolta apenas espanco [**183**] a mim mesmo. Isso é claro! A quem devo então espancar? Tenho, portanto, de me render. Cada luta aqui é uma luta comigo mesmo; & quanto <u>mais forte</u> bato <u>mais forte</u> sou espancado. Mas meu <u>coração</u> tem de se render, e não <u>simplesmente</u> as minhas mãos. Se eu tivesse fé, isto é, se fizesse <u>destemidamente</u> aquilo a que minha voz interior me exorta então <u>esse</u> sofrimento acabaria.

Não é a genuflexão que ajuda rezar, mas a gente se <u>ajoelha</u>.

Chame tudo de doença! O que você disse com isso? <u>Nada</u>.

Não <u>explicar</u>! – <u>Descrever</u>! *Subjugue seu coração & não fique <u>zangado</u> por ter de sofrer assim! Esse é o conselho que devo me dar. Quando você estiver doente, então acomode-se a essa doença; não fique* [**184**] *zangado por estar doente.*

---

93. [Stellung | Attitude] (posição | atitude)

Mas é verdade que, basta apenas que eu possa voltar a respirar, a vaidade se faz sentir em mim.

Deixe-me confessar o seguinte: Hoje, após um dia difícil para mim, ajoelhei-me na hora do jantar & rezei & disse de repente de joelhos e olhando para o alto: "Não há ninguém aqui". Senti-me então bem como se tivesse sido esclarecido acerca de algo importante.

Mas o que isso realmente significa ainda não sei. Sinto-me mais leve. Mas isso não significa: eu estava errado anteriormente. Pois se foi um erro, o que me protege de cometê-lo novamente? Então não se pode falar aqui de erro & de uma superação do erro. E se chamarmos de doença aí novamente não se pode falar de uma <u>superação</u> [**185**]; pois a doença pode me superar de novo a qualquer momento. *Pois eu também não disse essa palavra quando quis, mas ela veio. E assim como ela veio outra coisa poderia vir.* – "*Viva de uma tal maneira que você possa morrer bem!*"

20/02

Você deve viver de modo que possa enfrentar a loucura quando ela vier. *E da loucura você não deve <u>fugir</u>.* É uma felicidade quando ela não está presente, mas <u>fugir </u>dela você <u>não</u> deve, isso é o que acho que tenho de me dizer. Pois ela é o mais rigoroso juiz (o mais rigoroso tribunal) sobre se minha vida é certa ou errada; ela é medonha, mas, mesmo assim, você não deve fugir dela. Pois você de fato não sabe como pode escapar dela; & enquanto foge dela, você se comporta [**186**] de uma maneira indigna.

Estou lendo o N. T.* & não entendo muitas coisas & coisas essenciais, mas muitas coisas <u>entendo sim</u>. Hoje me sinto bem melhor do que ontem. Que continue assim.

Alguém poderia me dizer: "Você não deve se envolver tanto com o N. T., isso pode deixá-lo maluco". – Mas por que não '<u>devo</u>' – a não ser que eu mesmo sinta que não <u>devo</u>. Se eu creio poder ver o importante, a verdade em um lugar – ou poder encontrá-los indo lá dentro, então posso sentir que devo ir lá dentro, independentemente do que me aconteça lá & não devo evitar ir lá dentro por medo. *Talvez lá dentro pareça <u>horripilante</u> e queiramos imediatamente sair de lá* [**187**]*; mas não devo tentar ficar firme? Em um tal caso gostaria que alguém batesse no meu ombro & me dissesse: "Não tema! pois isso é o certo".*

Agradeço a Deus por ter vindo para a solidão da Noruega!

Como se explica que os salmos (os salmos da penitência) que li hoje sejam uma <u>iguaria</u> para mim e o N. T. verdadeiramente até agora não? Ele é simplesmente sério <u>demais</u> para mim?

O inocente deve falar de uma maneira diferente do culpado, & deve fazer outras exigências. Em Davi não podemos encontrar: "Sede perfeitos", isso não significa que devamos sacrificar nossa vida & que não será prometida uma

---

* Novo Testamento. (N. E.)

felicidade eterna. E a aceitação dessa doutrina – assim me parece – exige que se diga: [**188**] "Esta vida com todo prazer & dor, entretanto, não é nada! A vida não pode ser para isso! Tem de haver sim algo de mais absoluto. A vida tem de aspirar ao absoluto. E o único absoluto é lutar pela vida até a morte como um soldado combatente, que ataca. Todo o resto é hesitação, covardia, comodidade, ou seja[94], mesquinhez." Isso, naturalmente, não é cristianismo, pois aqui não se trata, por exemplo, de vida eterna nem de castigo eterno. Mas eu compreenderia também se alguém dissesse: A felicidade em um sentido eterno somente pode ser alcançada assim; & não pode ser alcançada se a pessoa se detiver aqui em toda espécie de pequenas felicidades. Mas aqui também não se trata de uma condenação eterna.

Essa aspiração ao absoluto, que faz parecer demasiadamente pequena toda [**189**] felicidade terrena, & que eleva o olhar & não vendo precisamente as coisas, parece-me algo magnífico, sublime, mas eu mesmo dirijo meu olhar para as coisas terrenas; a não ser que "Deus me visite" & que eu seja tomado pelo estado em que isso não é mais possível. Creio: devo fazer isso & aquilo, & não fazer isso & aquilo; & posso fazer isso sob aquela luz débil que vem alto; esse não é aquele estado. Por que devo queimar hoje meus escritos? Não penso nisso! – Mas de fato pensaria se as trevas se abatessem sobre mim & ameaçassem permanecer sobre mim. É como se eu ti-

---

94. [, | also] (, | isto é)

vesse minha mão sobre um objeto & ele se tornasse quente & eu tivesse de optar entre largar & queimar. Nessa situação, queremos empregar as palavras dos salmos da penitência. [**190**]

(A verdadeira <u>fé cristã</u> – não a <u>fé</u> – é algo que ainda não compreendo de maneira alguma.)

mas <u>procurá</u>-la seria ousadia.

Pense que alguém, com uma dor terrível quando, por exemplo, uma determinada coisa ocorre em seu corpo, grite "Fora, fora!", mesmo não havendo nada que essa pessoa deseje que vá embora, – será que seria possível dizer: "<u>Essas palavras estão sendo empregadas de uma maneira errada</u>"?? Isso é algo que não se diria. Da mesma maneira, se essa pessoa, por exemplo, nesse estado, fizer um gesto 'de defesa' ou cair de joelhos & juntar as mãos, não se pode racionalmente afirmar que tais gestos sejam <u>errados</u>. <u>É precisamente isso o que a pessoa faz</u> em uma situação dessas. Aqui não se pode falar em 'errado'. Se um emprego <u>necessário</u> é errado, qual deveria ser o correto? Por outro lado, não se [**191**] poderia dizer que teria havido um emprego correto do gesto & <u>por essa razão </u>devia haver alguém aqui diante de quem ela se ajoelhou[95]. A não ser que essas duas afirmações tenham um sentido idêntico, &, então, também o "por isso" é incorreto. Aplique isso à oração. Em relação a alguém que <u>tem de</u> juntar as mãos & implorar, como poderíamos dizer que essa pessoa está errada ou vivendo uma ilusão?

---

95. [gekniet hätte | gekniet hat] (teria se ajoelhado | se ajoelhou)

21/02

Livrar-se dos sofrimentos do espírito significa livrar-se da religião.

Em toda sua vida, você não sofreu de algum modo (apenas não desse modo) & preferiria agora voltar a <u>esse</u> sofrimento?!

Sou bondoso, mas sou extraordinariamente covarde &, por isso, ruim. Gostaria de ajudar pessoas nas situações em que isso não custa muito esforço, mas, <u>antes de tudo</u>, não demanda nenhuma coragem. [**192**] *Se me exponho <u>ao menor dos</u> perigos, então recuo. E por perigo compreendo, por exemplo, perder algo da boa opinião das pessoas.*

Eu somente poderia atacar a linha inimiga se atirassem em mim por trás.

Se tenho de sofrer então é melhor que seja por meio da luta do bom com o ruim em mim do que por meio da luta no mal[96].

O que <u>creio</u> agora: creio que não deveria temer as pessoas ou suas opiniões quando faço algo que considero certo.

Creio que não devo mentir; que devo ser bom para as pessoas; que devo me deixar ver [**193**] *como realmente sou; que tenho de sacrificar meu conforto se algo de <u>mais elevado estiver</u>*

---

96. [Wenn ich leiden muss, so wäre es doch besser das, was aus dem Kampf des Guten gegen das Schlechte entsteht, als das, was aus dem Kampf des Schlechten mit sich selbst. | Wenn ich leidem muss so ist es doch besser durch den Kampf des Guten mit dem Schlechten in mir, als durch den Kampf im Bösen] (Se tenho de sofrer, então seria melhor o que surge da luta do bom contra o ruim, do que o que surge da luta do mal consigo mesmo. | Se tenho de sofrer, então é melhor que seja por meio da luta do bom com o ruim em mim do que através da luta no mal)

em jogo; que devo ser alegre de uma boa maneira, quando isso me for dado, mas, quando esse não for o caso, que eu então suporte com paciência & *firmeza* a tristeza; que o estado que exige tudo de mim não seja solucionado por meio da palavra "doença" ou "loucura", quer dizer: que nesse estado eu seja tão responsável quanto fora dele, que ele faça parte de minha vida como qualquer outro e que lhe seja dispensada *então* plena atenção. Não possuo a fé em uma salvação da alma por meio da morte de Cristo; ou ainda não. Também não sinto que esteja a caminho de uma tal fé, mas considero possível que um dia eu venha a compreender aqui algo acerca do que agora [**194**] nada compreendo, que agora não me diz nada, & que eu, então, tenha uma fé que não tenho agora. – *Creio* que não devo[97] ser supersticioso, quer dizer, que não devo fazer magia para mim com palavras que por ventura leio, isto é, que não posso & não devo me persuadir a um tipo de fé, um tipo de irracionalidade. Não devo macular minha razão. (Mas a loucura *não macula* a razão. Apesar de não ser sua guardiã)

Creio que o ser humano pode deixar que sua vida seja *completamente* guiada *em todas as suas ações*, por *inspirações*, e tenho agora de acreditar que essa é a vida *mais elevada*. Sei que eu poderia viver dessa maneira se *quisesse*, se tivesse a coragem para isso. Mas não a tenho e preciso ter a esperança de que [**195**] isso não me faça mortalmente, *quer dizer*, eternamente infeliz.

---

97. [darf | soll] (posso | devo)

Que possa a aflição, o sentimento de miséria, enquanto escrevo tudo isso, purificar de alguma maneira!

Releio sempre as cartas do apóstolo Paulo & não as leio <u>com prazer</u>. E não sei se a resistência & aversão que sinto não derivam, ao menos em parte, da <u>língua</u>, a saber, do alemão, da língua germânica, ou seja, da tradução. Mas não <u>sei</u>. Para mim é como se não fosse <u>meramente</u> a doutrina que me repelisse por causa de sua severidade, grandeza, seriedade, mas também (<u>de algum modo</u>) a personalidade do doutrinador[98]. *Parece-me que, além desse homem, algo na doutrina me é <u>estranho</u> & <u>por isso</u> repulsivo. Quando ele, por exemplo, diz "Longe de mim!", então há para mim algo de* [**196**] *desconfortável no mero tipo de raciocínio. Mas é possível que essa impressão se desfizesse se eu compreendesse mais do espírito da carta. Mas considero possível que isso <u>não</u> seja sem importância.*

Espero que a tristeza de agora & o suplício possam consumir a <u>vaidade</u> em mim. Mas ela não voltará tão logo o suplício pare? E ele não deve por isso cessar <u>nunca</u>?? Que Deus impeça isso.

Na minha alma é (<u>agora</u>) inverno, como ao redor de mim. Tudo está coberto de neve; nada está verde nem florescendo.

Eu deveria, portanto, esperar pacientemente se me será concedido ver uma primavera.

---

98. [Vortragenden | Lehrenden] (palestrante | doutrinador)

22/02

Tenha coragem & paciência até a morte, então talvez a vida lhe seja ofertada. Tomara que a neve [**197**] *em volta de mim comece a ganhar novamente beleza & não tenha unicamente tristeza!*

Sonhei hoje de manhã: estou sentado ao piano (é o que se vê de modo confuso) & vejo em um texto uma canção de Schubert. Sei que em sua totalidade ela é muito idiota, salvo por um belo trecho no fim, que diz:

> "Betrittst Du wissend
> meine Vorgebirge,
> Ward Dirs in einem Augenblicke
> Klar,"*

Então não sei o que vem, & conclui assim:
> "Wenn ich vielleicht schon in der Grube
> modre."**

Isso significa: se você em seus pensamentos (filosóficos) chegar ao lugar onde <u>eu</u> estava, então (esse deve ser o significado) sinta respeito pelo meu pensar, quando eu talvez etc.

Graças a Deus que hoje me sinto [**198**] *um pouco mais calmo & melhor. Mas sempre que me sinto melhor, a vaidade fica muito próxima de mim.*

---

* "Se você conscientemente entra em meu contraforte montanhoso em um instante lhe ficará claro."
** "Quando eu talvez já estiver na cova apodrecido."

Agora me digo frequentemente em <u>tempos</u> duvidosos: "Não há ninguém aqui." e olho em volta de mim. Possa isso não se tornar algo comum em mim!

Creio que devo me dizer: "Não seja servil em sua religião!" Ou tente não ser! Pois esse é o caminho para a superstição.

O ser humano vive sua vida habitual com o[99] *brilho de uma luz da qual ele não tem consciência até que ela se apague. Quando ela se apaga, a vida é subitamente privada de todo valor, de todo sentido, ou como se queira dizer. Percebe-se repentinamente que a mera existência –* **[199]** *como se gostaria de dizer – é em si ainda totalmente vazia, <u>desértica</u>. É como se retirando o brilho de todas as coisas tudo morresse. Isso ocorre, por exemplo, algumas vezes após uma doença – mas não é por isso naturalmente nem menos real nem menos importante, quer dizer, não pode ser resolvido com um dar de ombros. A pessoa está, então, morta em vida. Ou, mais precisamente: essa é a <u>verdadeira morte</u>, que devemos temer, pois não experenciamos o mero 'fim da vida' (como corretamente escrevi). Mas o que agora escrevo aqui também não é <u>toda</u> a verdade.*

Em meus tolos pensamentos comparo-me aos seres humanos mais elevados!

O terrível que eu queria descrever é, na verdade, que "não temos direito a mais nada". **[200]** *"A benção não é nada para mim." Quer dizer: para mim é como se alguém de cuja amigável*

---

99. [*beim* | *mit dem*] (ao | com o)

observação tudo dependesse[100] *tivesse dito: "Faça o que você quiser, mas minha anuência você não terá!" Porque isso quer dizer: "O Senhor está zangado". – Ele pode* destruir *você. Podemos então dizer que vamos para*[101] *o inferno. Mas isso não é, no fundo, nenhuma "imagem", pois se eu fosse verdadeiramente para um abismo isso não teria de ser terrível. Um abismo não é nada de horroso; & o que é então o inferno: que se pudesse explicar comparando algo com ele, quero dizer, por meio dessa imagem? Devemos antes chamar esse estado de "pressentimento do inferno" – pois nele também gostaríamos de dizer: Pode ser ainda mais terrível: pois nem toda esperança foi* completamente *extinta. Será que podemos dizer que devemos então viver de uma tal maneira que* [**201**] *se não pudermos mais ter esperança teremos algo para* lembrar*?*

Viva de uma tal maneira que você possa existir nesse estado: pois todo seu espírito, toda sua inteligência não vão ajudá-lo em nada*. Você está perdido* com *eles, tal como se não os tivesse. (É como se você quisesse usar suas boas pernas quando estivesse caindo no ar.) Sua* vida inteira *está (*de fato*) enterrada, isto é, você com tudo o que você tem. Você está trêmulo, suspenso, com tudo o que você tem sobre o abismo. É terrível que possa haver algo assim. Talvez eu tenha esses pensamentos porque vejo bem pouca luz aqui e agora; mas agora há bem pouca*

---

100. [*von dessen Anerkennung alles abhängt* | *von dessen freundlichen Zusehen alles abhäng*]. (de cujo reconhecimento tudo dependesse | de cuja amigável observação tudo dependesse)
101. [*in die* | *zur*] (ao | para)

*luz aqui e eu os tenho. Não seria esquisito [**202**] dizer para alguém: não esquente a cabeça, você está morrendo agora apenas porque está sem ar por alguns minutos. Com todo orgulho, com toda a sua pretensão a isso & àquilo, você está perdido; essas coisas não o sustêm, pois estão enterradas juntamente com você e com tudo o que você tem.* Mas você não deve temer esse estado, apesar de ele ser terrível. Você não deve esquecê-lo frivolamente, & não deve, entretanto, temê-lo. *Ele conferirá, então, seriedade para sua vida & não horror. (É nisso que creio.)*

23/02

A gente se ajoelha & olha para cima & junta as mãos & fala, & diz que está falando com Deus, a gente diz que Deus vê tudo o que fazemos; a gente diz que Deus fala conosco em nosso coração; a gente fala dos olhos, da mão, da boca de Deus, mas não das outras partes [**203**] do corpo: aprenda a partir disso a gramática da palavra "Deus"! [Li em algum lugar que Lutero teria escrito que a teologia seria a "gramática da palavra de Deus", da Sagrada Escritura.]

Respeito pela loucura – isso é verdadeiramente tudo o que eu digo.

Permaneço sempre sentado de novo em plena comédia, em vez de sair para a rua.

Uma questão religiosa é uma questão vital ou é um palavrório (vazio). Esse jogo de linguagem – poder-se-ia dizer – é jogado apenas com perguntas vitais. Muito semelhante à palavra "ai" não ter significado – senão como grito de dor.

Quero dizer: se uma beatitude eterna não significa algo para minha vida, minha forma de vida, então não tenho de quebrar a cabeça pensando nela; se posso [**204**] *com razão pensar nisso, então aquilo que penso tem de estar em uma correspondência precisa com a minha vida, senão o que penso é uma bobagem, ou minha vida está em perigo.* – Uma autoridade que não produz efeitos, à qual não tenho de me acomodar, não é uma autoridade. Se falo com razão de uma autoridade, eu mesmo tenho também de depender dela.

24/02

Somente se eu não for um egoísta (ordinário) posso esperar uma morte suave.

O puro possui uma dureza que é difícil de suportar. Por isso aceita-se mais facilmente as exortações de um Dostoiévski do que as de um Kierkegaard. Um está ainda pressionando, ao passo que o outro já está cortando.

Se você não está preparado para sacrificar seu trabalho por algo ainda mais elevado, então ele não será [**205**] *abençoado. Pois ele tem sua magnitude determinada pelo fato de você o colocar*[102] *no seu verdadeiro grau de magnitude*[103] *em relação ao ideal.*

Por isso a vaidade destrói o valor do trabalho. Dessa maneira o trabalho de Kraus, por exemplo, transformou-se em 'sino

---

102. [*setzt* | *stellst*]
103. [*an die richtige Stelle* | *in die wahre Höhenlage*] (na posição correta | na sua verdadeira altura)

que tine'. (Kraus era um <u>extraordinariamente</u> talentoso <u>arquiteto de frases</u>.)

Parece que estou <u>obtendo</u> paulatinamente força para trabalhar. Pois nos últimos 2 ou 3 dias pude novamente, mais & mais, pensar, mesmo que ainda pouco, sobre filosofia & escrever algumas observações. Por outro lado, tenho em meu peito o sentimento de que talvez, apesar disso, o trabalho não me seja permitido[104]. Quer dizer, sinto-me apenas medianamente, ou apenas <u>meio</u>, feliz com o trabalho & tenho um certo receio de que ele me possa ser vedado. Isto é, um sentimento de infelicidade poderia irromper [**206**] em mim, transformando a continuidade de meu trabalho em absurdo & obrigando-me a renunciar ao trabalho. Tomara que isso não aconteça!! – Isso, porém, está ligado ao sentimento de que sou excessivamente pouco <u>amoroso</u>, isto é, excessivamente <u>egoísta</u>. Que eu me importo muito pouco com o que faz bem aos <u>outros</u>. E como posso viver calmamente se não posso esperar uma morte plácida. *Que Deus melhore isso!!*

"Não há ninguém aqui", – mas também posso ficar louco sozinho.

É curioso que se diga que Deus criou o mundo, & não: Deus está criando, continuamente, o mundo. Pois porque deve ser um milagre maior o fato de o mundo ter começado a existir do que o fato de ele continuar existindo. [**207**]

---

104. [erlaubt | gestattet]

Somos seduzidos pela metáfora do artesão. Que alguém confeccione um sapato é um feito, mas uma vez confeccionado (a partir do já existente), ele subsiste por si mesmo algum tempo. Mas se a gente imagina Deus como criador, a continuidade do universo não tem de ser um milagre tão grande quanto a sua criação, – sim, as duas coisas não são uma? Por que[105] devo postular[106] um ato único de criação & não um ato duradouro de continuidade – um ato que começou em um certo momento, que teve um começo temporal ou, o que dá no mesmo, uma criação duradoura?

27/02

Estive fora por 2 dias com Joh. Bolstad, à procura de uma empregada para Frk. Rebni; sem sucesso. (Foi bom & agradável.) Agora estou um pouco leviano; mas – graças a Deus – não estou infeliz.

O cristianismo diz: você não deve aqui (neste mundo) – por assim dizer – ficar sentado, mas sim caminhar. **[208]** *Você deve partir daqui; & não deve ser subitamente arrancado, mas sim estar morto quando seu corpo morrer.*

A questão é: como você caminha por esta vida[107]*? – (Ou: Que essa seja a sua questão!) – Pois meu trabalho, por exemplo, é apenas um estar sentado no mundo. Mas eu devo caminhar & não apenas ficar sentado.*

---

105. [Wozu | Warum] (Para que | Por que)
106. [annehmen | postulieren] (pressupor | postular)
107. [*diese Welt* | *dies Leben*] (este mundo | esta vida)

28/02/37

É bem possível que, em meu trabalho, após alguns capítulos inter-relacionados, eu só possa & deva escrever observações soltas. Sou de fato um ser humano & sou dependente de como as coisas vão! Mas para mim é difícil compreender isso realmente.

01/03

Eu sempre gostaria de fugir um pouco da verdade que sei, quando ela é desagradável & [**209**] tenho sempre de novo pensamentos com os quais quero enganar a mim mesmo.

Ser-me-á concedido continuar a trabalhar? Agora tenho trabalhado, pensado e escrito diariamente algumas coisas, a maioria delas apenas medianamente boa. Mas seria isso o esgotamento desse trabalho, ou o ribeirão vai voltar a correr, & crescer? O trabalho perderá, por assim dizer, o seu sentido? Desejo que não; mas isso é possível! – Pois é preciso primeiro viver, – então se pode também filosofar.

Penso o tempo todo em comida. Uma vez que meus pensamentos chegaram a um beco sem saída, eles voltam sempre de novo para a comida, como algo que faz o tempo passar.

Estou em um estado de espírito abominável: Sem pensamentos, estúpido, meu trabalho não significa nada para mim & estou aqui no deserto sem sentido nem objetivo [**210**] *Como se alguém tivesse se dado a liberdade de fazer uma piada comigo, tivesse me trazido aqui & me abandonado.*

02/03

Hoje me senti melhor ao trabalhar; graças a Deus. *Parecia haver de novo algum sentido no trabalho.*

03/03

Quão mais fácil ainda é trabalhar do que assinalar o lugar correto para o trabalho!

A genuflexão significa que se <u>é um escravo</u>. (A religião poderia consistir nisso.)

04/03

Senhor, se eu apenas soubesse que sou um escravo!
O sol chega agora bem perto da minha casa & eu me sinto mais alegre! Estou imerecidamente bem. –

06/03

Frequentemente copio observações filosóficas que [**211**] fiz outrora no lugar errado[108]: lá elas não <u>trabalham</u>! Elas devem ficar <u>no lugar</u> onde realizam seu trabalho plenamente[109]!

É interessante como Spengler, que em outros casos faz bons juízos, avalia Kierkegaard erradamente. Ele está diante de alguém que é <u>grande demais</u> para ele & se encontra muito próximo, de modo que vê apenas 'as botas do gigante'. –

---

108. [unrichtigen | falschen] (incorreto | falso)
109. [An der richtigen Stelle nur leisten sie ihre volle Arbeit! | Sie müssen <u>dort</u> stehen, wo sie ihre volle Arbeit leisten!] (Apenas na posição correta elas realizam seu trabalho plenamente. | Elas devem ficar lá onde elas realizam seu trabalho plenamente)

Sei que sou ordinário &, entretanto, sinto-me muito melhor agora do que há alguns dias & semanas. Quase fiquei com medo desse bem-estar, pois ele é tão <u>imerecido</u>. E, apesar disso, estou contente. Gostaria de não ser ordinário <u>demais</u>.

08/03

Estou sentindo uma grande saudade de ver o sol da minha casa & avalio diariamente quantos dias ele ainda ficará [**212**] ausente. Creio que <u>não</u> o verei antes de 10 dias & talvez não antes de duas semanas, apesar de eu ter me dito que o verei já em 4 dias. Mas estarei vivo em 2 semanas?? Tenho de me dizer sempre de novo que também é suficientemente <u>magnífico</u> suficiente se eu vir o brilho forte que já estou vendo & que, com isso, posso ficar <u>totalmente</u> satisfeito. *Também isso é imerecido & devo <u>apenas</u> ser grato!*

10/03

Estou imerecidamente bem.

12/03

Sou uma pessoa com <u>pouco</u> talento; que eu possa, apesar disso, realizar algo de bom. Pois isso é possível! creio. – Eu gostaria de ser incorruptível! Nisso residiria o que há de valioso.

13/03

Como é difícil conhecer [**213**] a si mesmo, admitir honestamente para si mesmo o que se é!

É uma enorme graça poder refletir sobre proposições e̲m̲ meu trabalho, ainda que de uma maneira desajeitada.

14/03

Creio que hoje o sol entrará pela minha janela. Decepcionei-me de novo.

15/03

É terrível conhecer a si mesmo, porque ao mesmo tempo se conhece a exigência vital[110] & também que ela não está sendo satisfeita. Mas não há nenhum meio melhor para aprender a conhecer a si mesmo do que ver o perfeito. Por isso o perfeito tem de despertar uma tempestade de indignação nas pessoas; se elas não quiserem se humilhar completamente. Creio que as palavras "Bem-aventurado aquele que não se escandalizar de mim" significam: [**214**] Bem-aventurado aquele que suporta a visão do perfeito. Pois, diante dele, você tem de cair no pó, & isso você não faz com prazer. Como quer, então, designar o perfeito? Ele é um ser humano? – Sim, em certo sentido ele é naturalmente um ser humano. Mas em um outro sentido ele é de fato algo total-

---

110. [wesentliche | lebendige] (essencial | vivo)

<u>mente diferente</u>. Como você quer designá-lo? Você não tem de chamá-lo de "Deus"? Pois a que corresponderia essa ideia, se não a isso? Porém, anteriormente você viu, talvez, Deus na criação, isto é, no mundo; & agora você o vê, em um outro sentido, em um ser humano.

Uma hora você diz: "Deus criou o mundo" & outra hora: "Este ser humano é – Deus". Mas você não quer dizer que esse ser humano tenha criado o mundo &, entretanto, há aqui uma unidade.

Temos duas representações diferentes de Deus: ou temos duas [**215**] representações diferentes & empregamos para ambas a palavra Deus.

Mas se você crê em uma representação: isto é, se você crê que nada que ocorre ocorre de outro modo, a não ser pela vontade de Deus, então você também tem de acreditar que o maior dos fatos, que veio ao mundo um homem que é Deus, aconteceu pela vontade de Deus. Não tem, então, esse fato de possuir para você um 'significado decisivo'? Quero dizer: isso não tem de ter consequências para sua vida, obrigar você a alguma coisa? Quero dizer: você não tem de estabelecer relações éticas com ele? Pois você tem, por exemplo, deveres oriundos do fato de ter um pai & uma mãe & não foi, por exemplo, colocado no mundo sem eles. Você não tem, portanto, [**216**] também deveres por esse fato & para com ele?

Mas será que sinto tais deveres? Minha fé é fraca demais.

Estou falando de minha fé na providência, do meu sentimento: "tudo acontece por meio da vontade de Deus".

E isso não é uma opinião – também não uma convicção, mas sim uma atitude diante das coisas & dos acontecimentos. *Tomara que eu não me torne frívolo!*

16/03

Se você encontrou uma observação valiosa; & mesmo que seja apenas uma pedra semipreciosa, você tem de <u>engastá-la</u> corretamente.

Hoje pensei: "Não organizo meus pensamentos tal como minha irmã Gretl organiza os móveis em um cômodo?" E esse pensamento não foi, a princípio, muito confortável para mim.

Pensei ontem na expressão: "limpos de coração"; por que [**217**] não tenho um coração limpo? Isso quer dizer: por que meus pensamentos são tão impuros! Vaidade, trapaça, inveja estão sempre de novo em meus pensamentos. Possa Deus guiar minha vida de modo que isso se altere.

17/03

Por causa das nuvens é impossível ver se o sol já está sobre a montanha ou ainda não & estou quase doente de vontade de finalmente vê-lo. (Eu gostaria de discutir com Deus.)

18/03

O sol já deve agora estar sobre a montanha, mas não dá para vê-lo por causa do tempo. Se você quer discutir com

Deus, isso significa que você tem um conceito errado de Deus. Você se encontra em uma superstição[111]. Você tem um conceito incorreto, se você se irrita com o destino. Você deve [218] remodelar seus conceitos. Ficar satisfeito com o seu destino deveria[112] ser o primeiro mandamento da sabedoria.

Vi hoje da minha janela o sol no instante em que ele começava a nascer atrás da montanha que fica a oeste. Graças a Deus. Creio, porém, para minha vergonha, que essa palavra não me veio suficientemente do coração. Pois eu estava bem alegre quando realmente avistei o sol, mas minha alegria era, entretanto, excessivamente pouco profunda, excessivamente jovial, não verdadeiramente religiosa. *Ah, se eu fosse mais profundo!*

19/03

Aproximadamente às 12 horas e 20 minutos começa a aparecer a borda do sol sobre a montanha. Ele se movimenta ao longo da linha da montanha, de tal maneira que se pode ver apenas uma parte dele, a metade ou menos, ou mais. Apenas em poucos instantes era possível vê-lo quase inteiro. [219] E isso mostra que só ontem ele se elevou acima do horizonte; caso isso não tenha ocorrido hoje pela primeira vez. À 1 hora ele já tinha sumido. E ele ainda aparece agora mais uma vez antes de se pôr.

---

111. [Es ist ein Aberglaube | Du bist in einem Aberglauben] (É uma superstição | Você se encontra em uma superstição)
112. [muß | müßte] (tem de | deveria)

20/03

Creio: compreendo que o estado espiritual da fé pode tornar um ser humano bem-aventurado. Pois se o ser humano crê, se ele crê <u>de todo coração</u> que o perfeito se entregou por ele, que sacrificou sua vida para que ele com isso – de início – se reconciliasse com Deus, de tal maneira que você deve continuar a viver sendo digno desse sacrifício – isso deve, então, por assim dizer, enobrecer o ser humano em sua totalidade, de certo modo, elevá-lo à nobreza. Compreendo – quero dizer – que esse <u>é</u> um movimento da alma em direção à beatitude. [**220**]

Isso quer dizer – creio eu –: "Creiam que vocês estão reconciliados & não pequem mais 'daqui em diante'!" – Mas também está claro que essa fé é uma graça. E, creio, a condição para ela é que façamos todo nosso possível & vejamos que isso não nos leva a nada, vejamos que, independentemente de quanto nos atormentarmos, permanecemos irreconciliados. <u>Então</u>, a reconciliação vem merecidamente[113].

Mas está, então, perdido aquele que não tem essa fé? Nisso não posso acreditar; ou ainda não posso acreditar. Pois <u>talvez</u> eu venha a acreditar nisso. Se é falado aqui do 'segredo' daquele sacrifício: então você teria de compreender aqui a gramática da palavra "<u>segredo</u>"!

Não há <u>ninguém</u> aqui: &, entretanto, falo & agradeço & peço. Mas esse falar [**221**] & agradecer & pedir é, por isso, um <u>erro</u>?!

---

113. [<u>nach Wunsch</u> | zu Recht (como desejado | merecidamente)

Eu antes poderia dizer: "Isso é que é curioso!"

Estou em dúvida acerca do que devo fazer no futuro próximo. Uma voz em mim me diz que devo sair agora daqui & ir para Dublin. Mas, por outro lado, tenho de novo a esperança de que não tenha de fazer isso agora. Eu gostaria de dizer: gostaria que me fosse concedido trabalhar aqui mais algum tempo! – Mas eu cheguei, por assim dizer, ao fim de uma parte do meu trabalho.

Deus, que graça é poder viver sem problemas terríveis! Que ela possa permanecer em mim!

21/03

Sou ordinário & vil & vou apenas muito bem. E, entretanto, estou contente por não estar pior! Carta agradável de Max.

22/03

Hoje o sol nasceu aqui às 12 horas & apareceu, então, <u>inteiro</u>.

Hoje pela manhã as árvores estavam pesadamente carregadas de neve, agora ela está toda derretida. – Estou sempre de novo inclinado à vaidade, também a propósito de minhas notas aqui & de seu estilo. Possa Deus melhorar isso. – *As primeiras moscas do lado de fora da minha janela, onde o sol está batendo. Por volta da 1 hora o sol some novamente & aparece ainda uma vez mais.* Pode-se ver o sol, antes do ocaso, ainda por cerca de 10 minutos.

Não há ninguém aqui: Mas há um sol esplêndido, & um ser humano ruim. –

23/03

Sou como um mendigo que às vezes admite *reluctantly*[114] que não é nenhum rei.

Hoje o sol apareceu desde aproximadamente 11h45 até [**223**] 13h15, depois surgiu, durante um instante, às 15h15 sobre a montanha & antes de se pôr bateu de novo aqui dentro de casa.

Ajude & ilumine! Mas se amanhã eu crer em algo em que não creio hoje, nem por isso eu estava cometendo um erro hoje. Pois esse 'crer' não significa ter uma opinião. Mas minha fé pode ser amanhã mais luminosa (ou mais sombria) do que minha fé hoje. *Ajude & ilumine!* & que nenhuma escuridão possa se abater sobre mim!

24/03

Peço, & já tenho o que quero ter: a saber, metade céu, metade inferno!

O sol vai se pôr por volta das 13h30, mas fica beirando, então, ao longo da linha da montanha, de forma que se pode perceber sua borda externa por um tempo mais longo. É magnífico! Ele então ainda não se pôs realmente. –

---

114. [nicht ohne Widerstreben | reluctantly] (não sem resistência | relutantemente)

224   Hoje tive este pensamento: Quando escrevia então minhas confissões pensei algumas vezes também em mamãe & pensei que eu poderia, em algum sentido, redimi-la ulteriormente por meio de minha confissão; creio que ela também tinha com efeito em algum sentido, uma confissão desse tipo em seu coração & não a liberou durante sua vida, pois ela era muito fechada. E me parece que minha confissão fala, finalmente, também em seu nome; & ela poderia, de alguma maneira, posteriormente se identificar com ela. (Seria como se eu tivesse pago uma dívida que a tivesse preocupado & como se seu espírito pudesse me dizer: "Graças a Deus que agora você a quitou.") – Hoje refleti ao ar livre acerca do sentido da doutrina da redenção por meio da morte e pensei: pudesse a re-

225   25/03

denção por meio do sacrifício consistir no fato de que <u>ele fez</u> aquilo que todos nós desejamos, mas não conseguimos fazer. Mas na fé a gente se identifica com <u>ele</u>, isto é, a gente paga a dívida apenas na forma de reconhecimento submisso; devemos, então, tornarmo-nos totalmente <u>pequenos</u>, porque não podemos ser bons.

Veio-me o pensamento de que devo jejuar amanhã (na Sexta-feira da Paixão) & pensei: quero fazer isso. Mas logo em seguida isso apareceu-me como um mandamento, <u>tenho</u> de fazê-lo & me opus a isso. Eu disse: "Quero fazê-lo se isso me vier do coração & não porque me foi ordenado." Mas isso não é obediência! Não é mortificação fazer o que vem do coração (mesmo se for algo amigável ou, em certo sentido, piedoso). Disso [**226**] você não morre. Você morre, ao contrário, precisamente obedecendo, por pura obediência, a uma ordem. Isso é uma agonia, mas pode, deve ser uma agonia piedosa. Pelo menos, é assim que compreendo. Mas eu mesmo! – Admito que não quero deixar de existir, apesar de comprender que isso é o que há de mais elevado. *Isso é terrível; & que possa esse terror ser iluminado por um raio de luz!*

Dormi muito mal algumas noites & sinto-me como morto, não posso trabalhar; meus pensamentos estão turvos & estou deprimido, mas de uma maneira tenebrosa. (Quer dizer, tenho medo de certos pensamentos religiosos.)

26/03

Não critique o que pessoas sérias escreveram de sério, pois você não sabe o que está criticando. Porque você tem de formar uma opinião [**227**] sobre tudo. Mas isso não significa: concorde com tudo.

Sou tão iluminado quanto sou; quero dizer: minha religião é tão iluminada quanto é. Eu não me senti ontem menos iluminado & hoje não me sinto mais. Pois se ontem eu tivesse podido ver as coisas assim, então certamente teria visto.

A gente se espanta que uma determinada época não acreditava em bruxas & uma posterior acredite em bruxas & que isso & coisas semelhantes vão e voltam etc.; mas você somente precisa ver o que acontece com você mesmo para não se espantar mais. — Em um dia você pode rezar, mas em um outro talvez não & em um dia você <u>tem de</u> rezar, & em um outro não.

Hoje estou, por graça, muito melhor do que ontem.

27/03

O sol aparece pouco depois das 11 & hoje ele está radiante. É difícil para mim não olhar sempre de novo para ele, isto é, eu gostaria sempre de novo de olhar para ele mesmo sabendo que isso é ruim para os olhos.

30/03

Você deve se proteger de um *páthos* fácil quando escreve sobre filosofia! Corro sempre esse risco quando <u>poucas coisas</u> me vêm à mente. E assim é agora. Cheguei a uma estranha estagnação & não sei direito o que devo fazer.

Hoje o sol bateu em minha casa das 10h30 até as 17h30 ininterruptamente, & o tempo está esplêndido.

Tive a esperança de que a minha força de trabalho fosse se recuperar quando eu visse mais o sol, mas isso não aconteceu.

02/04

Meu cérebro faz [**229**] apenas movimentos verdadeiramente indolentes. Infelizmente.

04/04

Agora fico facilmente cansado quando trabalho; ou estou ficando preguiçoso? – Às vezes fico pensando que deveria partir já daqui. Por exemplo: primeiro para Viena por um mês, depois para a Inglaterra por um mês – ou mais tempo – e então para a Rússia. E então de novo para cá? – Ou para a Irlanda? O mais inteligente parece-me <u>agora</u> partir, em cerca de 3 semanas. –

05/04

Que eu possa ver a vida como ela é. Isto é, vê-la mais como um todo, & não meramente um pequeno, insignificante recorte, quero dizer, por exemplo, meu trabalho. É, então, como se todas as outras coisas fossem ofuscadas por um anteparo obscuro & somente essa parte ficasse visível. Com isso tudo parece falso. [**230**] Vejo que sinto de maneira errada o valor das coisas.

Não sei absolutamente o que devo fazer no futuro. Devo regressar para cá, para Skjolden? E fazer o que aqui, se não puder trabalhar aqui? Devo viver aqui mesmo sem o trabalho? E sem um trabalho regrado – isso eu não posso. Ou devo <u>incondicionalmente</u> tentar trabalhar? Se for assim, então devo tentar fazer isso <u>agora</u>!

Estou convencido de que vejo tudo de maneira errada quando especulo assim.

Minha estada na Noruega <u>cumpriu</u> sua obrigação? Afinal, o fato de ela ter degenerado em uma vida de ermitão meio confortável e meio desconfortável não pode ser certo. Ela tem de dar frutos! – Se houvesse <u>agora</u> a possibilidade de ficar aqui por muito mais tempo e de adiar minha ida para [**231**] Viena & para a Inglaterra. E a pergunta é a seguinte: Poderia eu me decidir a permanecer aqui ainda aproximadamente por <u>dois</u> meses? Deus, <u>eu creio que sim</u>! A única questão é que me preocupo com meu amigo & não quero decepcionar as pessoas próximas a mim em Viena. <u>Creio</u> que posso assumir a responsabilidade por permanecer aqui se eu, de <u>todo</u> meu coração, quiser ficar; se <u>simplesmente</u> for minha tarefa ficar aqui; & aguardar <u>se</u> poderei trabalhar bem.

É verdade, por outro lado, que algo agora me impele para longe daqui. Sinto-me apático, gostaria de ir embora & voltar renovado após algum tempo. – Uma coisa é certa agora eu me canso muito rapidamente com meu trabalho, & isso não é culpa minha. Após algumas horas de um trabalho não muito intenso não consigo mais pensar. É como se eu estivesse cansado agora. Falta [**232**] de alimentação correta? Pode ser.

06/04

Uma interpretação da doutrina cristã: Desperte completamente! Se você fizer isso, reconhecerá que não presta para nada; & com isso acaba para você a alegria neste mundo.

E ela não pode retornar se você permanecer desperto. Mas você precisa, então, da redenção –, senão está perdido. Você tem, porém, de permanecer na vida (e este mundo está morto para você), então você precisa de uma nova luz vinda de outro lugar. Nessa luz não pode haver nenhuma inteligência ou sabedoria; pois você está morto para este mundo. (Pois ele é o paraíso em que você, porém, por causa de seus pecados, nada pode fazer.) Você tem [**233**] de se reconhecer como morto, & aceitar uma outra vida (pois sem isso lhe é impossível reconhecer-se como morto sem entrar em desespero). Essa vida de certo modo tem de mantê-lo flutuando sobre essa terra; isto é, se você caminha sobre a terra, não repousa mais sobre a terra, mas encontra-se suspenso no céu; você é preso por cima, e não sustentado por baixo. – Mas essa vida é o amor, o amor humano ao perfeito. E isso é a fé.

'Todo o resto acabará se arranjando.'

Deus seja louvado por hoje as coisas estarem mais claras para mim & eu estar me sentindo melhor.

Hoje percebi novamente como fico logo deprimido quando as pessoas, por algum motivo, não são muito, não são especialmente amigáveis comigo. Eu me perguntei: por que fico de mau humor por causa disso? [**234**] & me respondi: "Porque sou totalmente instável". Então me ocorreu a comparação de que me sinto como um mau cavaleiro sobre o cavalo: se o cavalo está bem-disposto, então tudo vai bem, mas, se o cavalo fica um pouco intranquilo, então o cavaleiro fica inseguro e <u>percebe</u> sua própria insegurança & que é completamente dependente do cavalo. Creio que é isso o que ocorre também entre minha irmã Helene e as pessoas. Uma pessoa assim tende a pensar dos outros às vezes bem, às vezes mal, dependendo de eles, no momento, serem mais ou menos amigáveis com ela.

09/04
"Amarás o perfeito acima de tudo, assim serás bem-aventurado." Isso me parece ser a súmula da doutrina cristã.

11/04
O gelo agora já está ruim & tenho de viajar de barco pelo rio. Isso traz consigo desconfortos & perigos (pequenos). Estou ligeiramente desanimado e amedrontado.

Pretendo viajar para Viena nos primeiros dias de maio. No final de maio para a Inglaterra.

Hoje pela manhã sonhei que eu tinha uma longa discussão filosófica com várias pessoas diferentes.

Nela cheguei a uma frase que ainda sabia mais ou menos ao acordar:

"Falemos nossa língua materna, & não acreditemos que teríamos de sair sozinhos da enrascada; isso foi – graças a Deus – apenas um sonho. Temos <u>de fato</u> apenas de afastar os mal-entendidos." Creio que essa é uma <u>boa</u> frase.

Que apenas Deus seja louvado!

A brevidade da expressão: a brevidade da expressão 236
não deve ser medida em côvados. Algumas expressões, que
no papel são mais longas, são mais curtas. Como é mais fácil
escrever um 'f' assim: *f*, do que assim: *f*. Frequentemente sentimos que uma frase é longa demais & então queremos encurtá-la riscando palavras; obtemos por meio disso
uma brevidade forçada & insatisfatória. Mas talvez nos faltem as palavras para a brevidade correta.

16/04

Desde ontem as bétulas apresentam pequenas pontas
verdes. – Já há alguns dias me sinto um pouco mal, também
muito fraco. Estou trabalhando mal, apesar de estar me esforçando. Não me é claro quanto sentido [**237**] tem ficar 237
aqui por mais 14 dias. Uma voz me diz: 'viaje antes!' & uma
outra diz: espere & fique aqui! – Se pelo menos eu soubesse
qual está certa!

Nos últimos dias li frequentemente "Keiser & Galiläer",
& com uma forte impressão. –

Algumas coisas falam a favor de partir; mas também
há covardia. E por ficar falam também outras – mas também há pedantismo, há medo do julgamento dos outros, &
coisas do gênero. – Não é correto fugir, ceder à impaciência
& à covardia, &, por outro lado, parece irracional, & também novamente covarde, ficar aqui.

Se eu ficar aqui, temo ficar doente &, então, não poder ir para casa & para a Inglaterra: como se em Viena eu não pudesse também [**238**] ficar doente ou me acidentar etc.!

É <u>mais difícil</u> ficar aqui do que partir.

17/04

O estar sozinho consigo mesmo – ou com Deus, não é como estar sozinho com um predador? Ele pode a qualquer momento pular sobre você. – Mas não é exatamente por isso que você não deve partir?! Isso não é, por assim dizer, o magnífico?! Isso não significa: conquiste o amor desse predador! – E, entretanto, temos de pedir: Não nos deixeis cair em tentação!

19/04

Creio: muita desgraça foi causada pela palavra "fé" na religião. Todos os pensamentos intrincados acerca [**239**] do 'paradoxo' do significado <u>eterno</u> de um fato <u>histórico</u> e coisas do gênero. Mas se em lugar da "fé em Cristo" você disser: "Amor por Cristo", então o paradoxo desaparece, isto é, desaparece a incitação ao <u>entendimento</u>. O que a religião tem a ver com uma tal comichão do entendimento? (Isso também pode, para esse ou aquele, pertencer à sua religião)

Não que se pudesse dizer: agora tudo é fácil – ou compreensível. Nada é <u>compreensível</u>, apenas não é <u>incompreensível</u>. –

20/04

Esta noite & cedo pela manhã quase todo o gelo do lago foi impelido rio abaixo, de tal maneira que o lago de repente ficou quase completamente livre.

Há alguns meses tenho sangrado novamente quando evacuo & sinto também um <u>pouco</u> de dor. – [**240**] Penso frequentemente que talvez eu venha a morrer de câncer no reto. Como quer que seja – possa eu morrer <u>bem</u>!

Sinto-me um pouco doente & meus pensamentos não se põem em marcha. Apesar do calor & do bom tempo.

Hoje estou fazendo algo de errado & de mau: a saber, estou vegetando. Não posso, assim parece, fazer nada de correto & sinto, além disso, um tipo de medo surdo. – Talvez eu devesse, sob tais condições, jejuar & rezar; – mas estou inclinado a comer & como – pois temo olhar para mim em um dia como esse.

Eu decidi partir daqui no dia 1º de maio – assim quer Deus.

23/04

Hoje o [**241**] vento uiva em torno da casa, o que para mim é sempre ruim. Isso é algo que me dá medo & me incomoda.

Eu me esforço para lutar contra meus sentimentos tristes & maus; mas minha força afrouxa tão rapidamente.

26/04
Tempo magnífico. As bétulas já estão cobertas de folhas. Ontem à noite vi a pimeira grande luz boreal. Fiquei olhando-a por aproximadamente 3 horas; um espetáculo indescritível.
<u>Frequentemente</u> flagro em mim mesquinharia & avareza!!

27/04
Você deveria amar a verdade: mas você sempre ama outras coisas & a verdade apenas de maneira acessória!

29/04
242 De alguma maneira [242] meus pensamentos agora <u>coagulam</u>, quando quero pensar sobre filosofia. – Será isso o fim da minha carreira filosófica?

30/04
Sou suscetível no mais alto grau. Um <u>mau</u> sinal.

24/09/37
Judeus! há muito tempo vocês não dão ao mundo algo pelo que ele lhes agradeça. E não porque ele seja ingrato. Pois a gente não se sente agradecido por cada dádiva, apenas porque ela <u>nos</u> é útil.

Por isso deem ao mundo novamente alguma coisa pela qual ele deva a vocês não o frio reconhecimento, mas o <u>agradecimento</u> caloroso.

Mas a única coisa de vocês que o mundo precisa é a sua submissão [**243**] ao destino.

243

Vocês poderiam dar ao mundo rosas que irão florir, nunca murchar.

As pessoas têm razão em ter medo dos espíritos dos grandes homens também. E também dos dos homens <u>de bem</u>. Pois aquilo que é saudável para elas pode ser maléfico para mim. Pois o espírito sem o <u>ser humano</u> não é nem bom – nem mau. Mas em mim ele pode ser um espírito ruim.

Notas e comentários*

Às vezes creio: provavelmente, Wittgenstein tenha introduzi-   1
do posteriormente na linha então vazia essa frase incompleta
como complemento para a frase posterior. Entretanto, ele
não substituiu a letra maiúscula inicial por minúscula, ficando, assim, difícil de compreender sua real intenção. É também possível que ele não tenha escrito a frase citada até o fim,
tendo começado uma nova sem riscar a anterior.

Marguerite: trata-se de Marguerite de Chambrier, sobrenome de solteira: Respinger. Nascida em 18 de abril de 1904,
em Berna. Filha de um rico homem de negócios da Suíça.

---

* O leitor encontrará no que segue uma seleção das notas elaboradas por Ilse Somavilla para a edição alemã. As notas que dizem respeito a dificuldades de compreensão da letra de Wittgenstein, bem como a problemas gramaticais ou de ortografia, não foram traduzidas. O número em negrito remete à paginação original do diário de Wittgenstein, presente entre colchetes no corpo do texto traduzido. (N. T.)

Ela, por ser uma conhecida de Thomas Stonborough, foi convidada por Margarete Stonborough, em 1926, para ir a Gmunden e Viena. Pouco tempo depois de sua chegada a Viena, Marguerite conheceu Ludwig Wittgenstein. Ele havia torcido o pé e, visto que era tratado na casa da irmã, reivindicava ficar com o quarto de hóspedes ocupado por Marguerite. (Informação dada por Marguerite de Chambrier em uma carta de 14 de junho de 1996 a Ilse Somavilla.) Marguerite frequentou em Viena uma academia feminina de formação de artistas gráficos ou plásticos. Mais tarde frequentou durante seis meses um curso em um hospital em Viena e em seguida a Escola da Cruz Vermelha, em Berna. Em 1933, casou-se com Talla Sjögren, com quem, algum tempo depois, foi para o Chile. Em 1945, ele faleceu e, em 1949, ela se casou com Benoît de Chambrier, indo morar, após 1952, em uma propriedade rural próxima a Neuchâtel. Em 1978, ela escreveu para sua família e amigos um livro de memórias intitulado *Granny et son temps* [Granny e seu tempo], publicado em edição particular. A partir de 1982, a senhora de Chambrier mudou-se para Genebra.

2 *nos primeiros dias após minha chegada*: Wittgenstein havia passado as férias de Páscoa em Viena e em 25 de abril retornou a Cambridge. Ver a esse respeito uma anotação em código feita por Wittgenstein em 25 de abril de 1930, no MS*

---

* MS designa manuscrito. (N. E.)

108, página 133: "Depois das férias de Páscoa cheguei novamente a Cambridge. Em Viena, estive frequentemente com Marguerite. No domingo de Páscoa, estive com ela em Neuwaldegg. Nós nos beijamos muito durante 3 horas e foi muito bom".

Ramsey: trata-se de Frank Plumpton Ramsey, nascido em 22 de fevereiro de 1903, em Cambridge, e falecido em 19 de janeiro de 1930, também em Cambridge. Lógico e matemático, ele tentou, seguindo os *Principia Mathematica* de Russell e Whitehead, e influenciado pela análise wittgensteiniana das tautologias, fundamentar a matemática a partir da base da silogística. Nesse intento, introduziu, dentre outras coisas, uma diferenciação entre antinomias sintáticas e semânticas. Ramsey prestou uma importante contribuição ao problema lógico da decisão e se ocupou também de questões de economia. Teve uma participação essencial na tradução inglesa do *Tractatus*. Em setembro de 1923, quando ainda era estudante no Trinity College, visitou Wittgenstein por cerca de duas semanas em Puchberg. Diariamente lia com Wittgenstein o *Tractatus* sendo que, no decorrer de suas discussões com Ramsey, Wittgenstein fez modificações na tradução inglesa que foram levadas em conta na segunda edição, de 1933. Em outubro de 1923, Ramsey escreveu uma resenha sobre o *Tractatus* na revista de filosofia *Mind*. Ramsey morreu de icterícia pouco antes de completar 27 anos.

7   *Keynes*: trata-se de John Maynard Keynes, nascido em 5 de junho de 1883, em Cambridge, e falecido em 21 de abril de 1956, em Firle (Sussex). Economista britânico. Professor em Cambridge a partir de 1920. Ao lado de sua atividade política para o Partido Liberal, cujo programa foi fortemente influenciado por ele, Keynes concentrou-se sobretudo em questões da teoria monetária e do problema crescente do desemprego. Principais obras: *The Economic Consequences of Peace* [*As consequências econômicas da paz*] (1919); *The End of Laissez-Faire* [*O fim do* laissez-faire] (1926); *Treatise on Money* [*Tratado sobre o dinheiro*] (2 vol., 1930); e *The General Theory of Employment, Interest and Money* [*A teoria geral do emprego, do juro e da moeda*] (1936). Por meio desta última obra, Keynes tornou-se o fundador de uma corrente própria em economia: o "keynesianismo".

Wittgenstein conheceu Keynes no ano de 1912, durante sua estada na Inglaterra para estudos com Russell. Este e Keynes eram membros da sociedade dos "apóstolos", à qual também Wittgenstein foi admitido como membro. Entretanto, ele não se sentiu bem na sociedade e apresentou seu pedido de saída poucos dias depois de sua admissão.

Apesar de não ter havido uma amizade estreita entre Wittgenstein e Keynes, ele sempre pôde contar com sua ajuda. Keynes lhe foi, por exemplo, de grande valia em seus planos de encontrar, em 1935, um emprego na Rússia, tendo se dirigido, para isso, diretamente a Ivan Maisky, embaixador russo em Londres. Quando Wittgenstein, em 1938, quis adquirir a cidadania britânica, assim como obter uma vaga na cátedra de filosofia, recorreu novamente a Keynes.

O curto espaço de tempo: no prefácio à primeira edição de sua obra *Die Welt als Wille und Vorstellung* [*O mundo como vontade e representação*], Schopenhauer escreve:

> Entrego com profunda seriedade o livro, na esperança de que ele cedo ou tarde alcance aqueles aos quais é dirigido. Aliás, estou conformado com o fato de que ele sofrerá plenamente o mesmo destino que em todos os ramos do conhecimento, mais ainda nos mais importantes, sempre coube à verdade. A ela é apenas concedida um curto triunfo entre dois longos espaços de tempo, nos quais ela é condenada como paradoxal ou desprezada como trivial. (Schopenhauer, Arthur. *Die Welt als Wille und Vorstellung*, Band 1, Reclam, Stuttgart, 1990. p. 16.)

um dos últimos quartetos de Beethoven: os últimos quartetos de Beethoven são quarteto de cordas n. 12 em mi bemol maior, opus 127, composto em 1824; quarteto de cordas n. 13 em si bemol maior, opus 130, composto em 1826; quarteto de cordas n. 14 em dó menor, opus 131, composto em 1826; quarteto de cordas n. 15 em lá menor, opus 132, composto em 1825; quarteto de cordas n. 16 em fá maior, opus 135 (1825/28). Grande fuga em si bemol maior, opus

133 (originalmente composto como último movimento do opus 130) (1824).

9 *Freud*: trata-se de Sigmund Freud (1856-1939). Rush Rhees escreve que era muito crítica a posição de Wittgenstein em relação a Freud, mas Wittgenstein sublinha que muito do que Freud disse era digno de atenção, como sua observação sobre o conceito do simbolismo onírico ou sua indicação de que no sonho – em certo sentido – dizemos algo. No período de sua estada em Cambridge antes de 1914, Wittgenstein considerava a psicologia um desperdício de tempo, mas alguns anos depois ele leu algo sobre Freud que o deixou impressionado. No momento de suas discussões com Rush Rhees sobre Freud (entre 1942 e 1946), ele falava de si como um discípulo e adepto de Freud. Este era um dos poucos autores que ele considerava digno de ser lido. Ele admirava Freud por causa das observações e ideias polêmicas presentes nos seus escritos. Em contrapartida, considerava prejudicial a enorme influência da psicanálise na Europa e nos Estados Unidos:

> A análise provavelmente causa danos. Pois embora no seu decorrer a pessoa descubra algumas coisas sobre si mesma, tem de ter uma inteligência crítica muito forte, afiada e pertinaz para reconhecer e compreender a mitologia que está sendo oferecida e imposta. A pessoa é induzida a dizer: "Sim, naturalmente,

tem de ser dessa maneira. Uma mitologia poderosa" (ver Wittgenstein, L. Gespräche über Freud [Debates sobre Freud], in: Wittgenstein, L. *Vorlesungen und Gespräche über Ästhetik, Psychoanalyse und religiösen Glauben* [Conferências e Debates sobre estética, psicanálise e fé religiosa]. Compilado e editado a partir das anotações de Yorick Smythies, Rush Rhees e James Taylor von Cyrill Barrett. Tradução alemã de Ralf Funke. Düsseldorf und Bonn, Parerga, 1994. p. 63-76).

Wittgenstein também criticava Freud porque ele constantemente afirmava proceder cientificamente, mas apresentava apenas especulações (*Vorlesungen und Gespräche*, p. 67).

Senhora Moore: trata-se de Dorothy Mildred Moore, sobrenome de solteira: Ely. Nascida em 31 de agosto de 1892, em Helensburgh, Escócia, e falecida em 11 de novembro de 1977, em Cambridge (provavelmente). Frequentou o Newnham College de 1912 a 1915, e, em 1915, o curso de George Edward Moore, com quem se casou em 27 de novembro do mesmo ano. Em 1931, obteve seu título de mestre.

4ª Sinfonia de Bruckner: Sinfonia em mi bemol maior, a "Romântica" (1874).

Bruckner: trata-se de Anton Bruckner (1824-1896).
Ver as observações de Wittgenstein sobre Bruckner feitas em 19 fevereiro de 1938 no MS 120, página 142, citado segun-

do as *Vermischte Bemerkungen* [Observações mescladas] – doravante *VB* –, página 75:

> Pode-se dizer de uma sinfonia de Bruckner que ela tem *dois* começos: o começo da primeira ideia & o começo da segunda. Essas duas ideias não se relacionam uma com a outra como parentes consanguíneos, mas como homem & mulher.
> A nona de Bruckner é como que um *protesto* contra a de Beethoven, & por isso ela se torna suportável, o que não seria se considerada um tipo de imitação. Ela se relaciona com a de Beethoven de uma maneira semelhante àquela pela qual o Fausto de Lenau se relaciona com o de Goethe, a saber, o Fausto católico com o Fausto esclarecido etc. etc.

Ver também as observações de Wittgenstein sobre Brahms em conexão com Bruckner:

> Nos tempos do cinema mudo, tocavam-se todos os clássicos durante os filmes, mas não Brahms & Wagner.
> Brahms não porque é excessivamente abstrato. Posso imaginar uma passagem emocionante de um filme acompanhada com música de Beethoven ou Schubert & poderia alcançar um tipo de compreensão da música por meio do filme. Mas não uma compreensão da música de Brahms. Bruckner, ao contrário, combina com um filme (MS 157a 44v: 1934 ou 1937, citado segundo *VB*, p. 60).

Brahms: trata-se de Johannes Brahms (1833-1897), que após 1875 viveu como artista independente em Viena e nas suas imediações. Era amigo do violonista Joseph Joachim (um aluno de Mendelssohn e primo da avó de Wittgenstein, Fanny, sobrenome de solteira: Figdor) e de Robert e Clara Schumann.

Brahms era um conhecido da família Wittgenstein, que apreciava a música acima de tudo. Era convidado com frequência à casa dos Wittgenstein, na Alleegasse. Nas apresentações musicais, tocavam o jovem Casals, o quarteto Rosé ou Josef Labor. Marie Soldat-Röger, violinista favorita de Brahms, e a pianista Marie Baumayer gozavam de uma posição privilegiada junto aos Wittgenstein e eram amigos de Clara Wittgenstein.

Em seus escritos, muitas vezes Wittgenstein fala sobre Brahms. Ele escreve, por exemplo: "A *força do pensamento* musical em Brahms" (MS 156b, 14v: cerca de 1932-1934, citado segundo *VB*, p. 56). Ver ainda: "O poder subjugador em Brahms" (MS 147, 22r: 1934, citado segundo *VB*, p. 59).

Wagner: trata-se de Richard Wagner (1813-1883).

Wittgenstein disse uma vez a Drury que Wagner foi o primeiro dos grandes compositores que tinha um caráter desagradável (Cf. *Porträts und Gespräche* [Retratos e conversas], p. 160).

11 *Trinity*: em 19 de junho de 1929, graças à intermediação de Moore, Russell e Ramsey, Wittgenstein recebeu uma bolsa do Trinity College para dar prosseguimento a seus trabalhos de pesquisa. Em 5 de dezembro de 1930, ele foi eleito pelo conselho do Trinity College como *Research Fellow* pelo período de cinco anos. Ele ocupou as mesmas dependências no Whewell's Court no Trinity College que já havia ocupado como estudante antes da guerra (Cf. *Nedo*, p. 356). Quando, no ano de 1939, foi nomeado professor de filosofia e recebeu uma cátedra em Cambridge, ocupou novamente as mesmas dependências no Whewell's Court, Trinity College (Cf. *Nedo*, p. 359).

14 *Tremendamente dependente da opinião dos outros*: ver sobre isso uma anotação codificada no diário de Wittgenstein, no MS 107, p. 76: "O que os outros pensam de mim é algo com o que sempre me ocupo extraordinariamente muito. Com muita frequência tento causar uma boa impressão. Quer dizer, muito frequentemente penso sobre a impressão que causo nos outros, e é agradável para mim pensar que essa impressão é boa e, em caso contrário, desagradável".

16 *Spengler*: trata-se de Oswald Spengler (1880-1936).
No MS 154 Wittgenstein cita Spengler ao lado de Boltzmann, Hertz, Schopenhauer, Frege, Russell, Kraus, Loos, Weininger e Sraffa como um dos que o teriam influenciado (MS 154, 15v: 1931, citado segundo *VB*, p. 41).

Em "Wittgenstein und seine Zeit" [Wittgenstein e seu tempo], Georg Henrik von Wright traça paralelos entre Wittgenstein e Spengler, particularmente no que diz respeito a posições de Wittgenstein em relação a seu tempo que poderiam ser caracterizadas como tipicamente spenglerianas. De acordo com von Wright, Wittgenstein teria vivido a "decadência do Ocidente" – "não apenas em seu desprezo pela civilização ocidental de seu tempo, mas também em seu profundo e compreensivo respeito pelo grande passado da civilização". Spengler não teria influenciado a concepção de vida de Wittgenstein, mas certamente a ideia de "semelhanças de família" em sua filosofia tardia (cf. Von Wright, G. H. Wittgenstein und seine Zeit. In: *Wittgenstein*. Frankfurt am Main: Suhrkamp, 1986. p. 214-219).

Ver também: Haller, R. War Wittgenstein von Spengler beeinflußt? [Será que Wittgenstein foi influenciado por Spengler?]. In: Haller, R. (org.). *Fragen zu Wittgenstein und Aufsätze zur österreichischen Philosophie* [Perguntas a Wittgenstein e ensaios sobre a filosofia austríaca]. Amsterdã: Rodopi, 1986. p. 214-219.

Decadência: trata-se da obra de Oswald Spengler *Der Untergang des Abendlandes. Unrisse einer Morphologie der Weltgeschichte* [*Decadência do Ocidente*], publicada em dois volumes entre 1918 e 1922.

No MS 111 Wittgenstein escreve:

Spengler poderia ser mais bem compreendido se dissesse: estou *comparando* diferentes períodos culturais à vida de famílias; dentro da família há uma semelhança familiar, ao passo que entre membros de diferentes famílias há também uma semelhança; a semelhança familiar diferencia-se da outra semelhança nisso e naquilo etc. Quero dizer: o objeto de comparação do qual é extraído esse modo de observação tem de nos ser informado para que inexatidões não se <u>imiscuam</u> na discussão. Pois aí será então afirmado tudo o que <u>é verdadeiro</u> [<u>conforme</u>] para o modelo *da observação* [<u>da comparação</u>] nolens volens também do objeto de que tratamos; & afirmado que '*sempre seria preciso...*' (...) (MS 111, p. 119: 19/08/1931, citado segundo *VB*, p. 48).

17 *Buddenbrooks*: trata-se do romance de Thomas Mann *Buddenbrooks Verfall einer Familie* [*Os Buddenbrooks*], publicado em 1901. Em 1929, Thomas Mann recebeu o prêmio Nobel por sua obra.

Tifo: na narração de Thomas Mann, são introduzidas passagens quase ensaísticas, "registros de pensamentos" e trechos científicos, como a descrição médica do tifo, a partir da qual a morte de Hanno pode ser inferida somente de maneira indireta.

Hanno B.: trata-se de Hanno Buddenbrook, que pertence à terceira geração da dinastia dos comerciantes de Lübeck.

Ele representa o último estágio de um processo em cujo transcurso os Buddenbrook pagam seu ganho em sensibilidade e consciência com a perda de sua vitalidade e, por fim, também de sua posição social. Hanno é a síntese de uma delicadeza ingênua e de um sensível gênio de artista em cujas tendências musicais se consuma o processo de desaburguesamento.

há 16 anos a lei da causalidade: ver *Tagebücher* [Diários], 29/03/1915: "A lei de causalidade não é uma lei, mas a forma de *uma* lei. 'Lei da causalidade', esse é um nome genérico. E assim como na mecânica há – digamos – leis do mínimo – por exemplo, a lei da ação mínima –, há na física uma lei da causalidade, uma lei da forma da causalidade".
Ver também: *Tractatus*, 6.32: "A lei da causalidade não é uma lei, mas a forma de uma lei".
Ver também: *Tractatus*, 6.321: "'Lei da causalidade', esse é um nome genérico. E assim como na mecânica há – digamos – leis do mínimo – por exemplo, a lei da ação mínima –, há na física leis de causalidade, leis da forma da causalidade".
Ver ainda: *Tractatus*, 6.36: "Se houvesse uma lei da causalidade, ela poderia formular: 'Há leis naturais'. Mas certamente não se pode dizer: isso se manifesta".
Ver 6.362: "O que pode ser descrito também pode acontecer, e o que a lei da causalidade deve excluir não pode ser descrito".

21

22 *descoberta copernicana*: ver "O verdadeiro mérito de um Copérnico ou Darwin não foi a descoberta de uma teoria verdadeira, mas sim de um novo aspecto frutífero". (MS 112, p. 233: 22/11/1931, citado segundo *VB*, p. 55).

Einstein: trata-se de Albert Einstein (1879-1955).

27 *Vischer*: Wittgenstein está provavelmente fazendo alusão a Friedrich Theodor Vischer, mas não se pode deixar de cogitar que poderia tratar-se também de seu filho, Robert Vischer. *Friedrich Theodor Vischer* (Von Vischer a partir de 1870): nascido em 1807 e falecido em 1887. Escritor e filósofo alemão, amigo de Eduard Mörike e de D. F. Strauss. Professor de Estética e Literatura em Tübingen a partir de 1837. A partir de 1855, passou a ser professor em Zurique. Entre 1866 e 1877 foi professor no Stuttgarter Polytechnikum. Algumas de suas obras: *Ästhetik oder Wissenschaft des Schönen*, *Auch Einer* (grotesker Roman) [Estética ou ciência do belo, também um] (romance grotesco); *Lyrische Gänge* [Caminhos líricos] (poemas); *Über das Erlabene und komische, ein Beitrag zur Philosophie des Schönen* [Sobre o sublime e o cômico, uma contribuição à filosofia do belo]; *Über das Verhältnis von Inhalt und Form in der kunst* [Sobre a relação entre conteúdo e forma na arte]. Paródia do *Fausto*, a tragédia, 3ª parte.

Robert Vischer: nascido em 1847 e falecido em 1933. Filho de F. Th. Vischer. Historiador da arte, professor de história da arte em Breslau (1882), Aachen (1885) e Göttingen (1893-1911). Obras: *Über das optische Formgefühl* [Sobre o sentimento ótico da forma], Leipzig, 1872; *Drei Schriften zum ästhet. Formproblem* [Três escritos sobre o problema estético da forma], Halle, 1927.

"um discurso oral não é um texto escrito": não verificado.

estilo é a expressão (...): ver sobre isso uma observação de Wittgenstein de 10 de abril de 1947, no MS 134 (página 133, citada segundo *VB*, p. 118 s.):

28

> Podemos reproduzir um velho estilo como que em uma nova [mais nova] linguagem; reproduzi-lo, por assim dizer, em uma <u>forma</u> [<u>concepção</u>] que [na velocidade] seja adequada ao nosso tempo. Estaremos então, na verdade [na realidade], sendo apenas reprodutivos. É isso que fiz ao construir a casa. Mas o que tenho em mente não é um novo enxugamento de um velho estilo. Não tomamos as velhas formas & as preparamos de acordo com o novo gosto. Mas falamos, talvez inconscientemente, de fato [na realidade] a velha linguagem, mas de um jeito que pertence ao novo mundo, mas não necessariamente ao seu gosto.

sub specie eterni: correto: "*sub specie aeterni*" ou "*sub specie aeternitatis*" (visto sob o ponto de vista do eterno, do infinito): No segundo livro da *Ética*, Espinosa escreve sobre o segundo gênero de conhecimento (a "ratio") que relaciona o conhecimento a Deus e por isso conhece as coisas de maneira adequada; quer dizer, as coisas são observadas "*sub quadam specie aeternitatis*" ["sob um tipo de eternidade"] e, assim, colocadas em uma ordem eterna. Esse conhecimento se diferencia do conhecimento inadequado, confuso e falso ao qual o ser humano está atado, enquanto crê conhecer, permanecendo no âmbito da mera imaginação (*imaginatio*), que repousa sobre experiências, memórias ou opiniões. Esse conhecimento permanece preso ao temporal, a pretensa ordem conhecida das coisas é casual.

Wittgenstein emprega, em conexão com suas afirmações sobre a ética e sobre a arte, o conceito cunhado por Espinosa já nos *Tagebücher* [Diários]: ver sua anotação de 7 de outubro de 1916 (*Tagebücher* 1914-1916):

> A obra de arte é o objeto visto *sub specie aeternitatis*; e a boa vida é o mundo visto *sub specie aeternitatis*. Essa é a relação entre a arte e a ética.
>
> O modo habitual de observação vê os objetos como que a partir de seu ponto médio, a observação *sub specie aeternitatis*, de fora. (...)

Ver também: o *Tractatus*, 6.45: "A intuição do mundo *sub specie aeterni* é sua intuição como totalidade – limitada. O sentimento do mundo como um todo limitado é o místico".

Muitos anos depois escreve: "Agora me parece que além <u>do trabalho</u> [atividade / função] do artista há ainda um outro, o de captar o mundo *sub specie äterni*. Este é – creio eu – o <u>caminho</u> do pensamento que conduz de certa forma para além do mundo & o deixa ser <u>assim</u> como é – observando-o do alto <u>no</u> [<u>do</u>] voo [observand<u>o-o do</u> *voo* / observando-o do alto do voo]" (MS 109, 28: 22/8/1930, citado conforme *VB*, p. 27).

Gretl: trata-se de Margarete Stonborough, sobrenome de solteira: Wittgenstein. Nascida em Viena em 19 de setembro de 1882 e falecida em 27 de setembro de 1958, também em Viena. Ela era a terceira irmã mais velha de Ludwig Wittgenstein. Margarete casou-se em 1905 com o americano Jerome Stonborough e teve com ele dois filhos, Thomas e John.

Clara Schumann: sobrenome de solteira: Wieck. Nascida em 13 de setembro de 1819, em Leipzig, e falecida em 20 de maio de 1896, em Frankfurt am Main. Pianista alemã. Obteve projeção também como compositora. Casou-se em 1840 com Robert Schumann. Foi intérprete brilhante da obra de seu marido, de Beethoven, de Chopin e de Brahms. Era amiga de Brahms e tinha frequentemente contato com a família Wittgenstein.

29 *Ebner-Eschenbach*: trata-se de Marie von Ebner-Eschenbach (baronesa de); nascida condessa Dubsky em 13 de setembro de 1830, no castelo Zdislavice, nas imediações de Kromeríz, em Mähren, e falecida em 12 de março de 1916, em Viena. Escritora austríaca de contos, escreveu obras sobre a sociedade de seu tempo que são um testemunho de empatia humana e engajamento social. Obras: *Bozena* (1876); *Dorf-und Schloßgeschichten* [Histórias de aldeias e castelos] (1883); *Neue Dorf-und Schloßgeschichten* [Novas histórias de aldeias e castelos] (1886); *Das Gemeindekind* [A criança da Comunidade] (1887); *Aus Spätherbstagen, Meine Kinderjahre* [Do final do outono. Meus anos da infância] (1906); *Aphorismen* [Aforismos]. Ver também: p. 62, onde Wittgenstein faz quase a mesma observação sobre Clara Schumann e M. von Ebner-Eschenbach.

Loos: trata-se de Adolf Loos, nascido em 10 de dezembro de 1870, em Brünn, e falecido em 23 de agosto de 1933, em Kalksburg, nas proximidades de Viena. Arquiteto. O primeiro contato com Wittgenstein ocorreu durante a visita de Ficker a Wittgenstein em Viena nos dias 23 e 24 de julho de 1914 (ver: Von Ficker, L. *Briefwechsel 1909-1914* [Correspondência de 1909 a 1914], Salzburg, Otto Müller, 1986,

p. 375). "Encontramo-nos no Café Imperial, onde ocorreu uma cansativa mas invulgarmente estimulante conversa entre ele e o quase surdo construtor da, à época, ainda polêmica casa na Michaelerplatz acerca de questões da arquitetura moderna pelas quais Wittgenstein parecia se interessar" (Von Ficker, L. "Rilke und der unbekannte Freund" [Rilke e o amigo desconhecido], in: *Der Brenner*, n. 18. 1954, p. 237). Mais tarde, Wittgenstein teve uma impressão desagradável de Loos. Em 2 de setembro de 1919, ele escreveu a Paul Engelmann, antigo aluno de Loos: "Há alguns dias visitei Loos. Fiquei horrorizado e enojado. Ele está muito tapado! Ele me deu uma brochura relativa ao projeto de um 'Instituto de Arte', em que fala sobre os pecados contra o espírito santo. É o fim de tudo! Eu estava deprimido quando fui procurá-lo, e só me faltava essa" (*Briefe* [Cartas], p. 92). Entretanto, em 1924, Adolf Loos dedicou a Wittgenstein seu livro intitulado *In's Leere gesprochen* [*Falado no vazio*], com as seguintes palavras: "Para Ludwig Wittgenstein em agradecimento e amizade. Agradecimento por seus estímulos; amizade na esperança de que ele retribua esse sentimento" (Fac-símile in: *Nedo*, p. 204).

Kraus: trata-se de Karl Kraus, nascido em 28 de abril de 1874, em Jicín/Boêmia; falecido em 12 de junho de 1936, em Viena. Escritor e editor da revista *Die Fackel* (1899-1936). Já antes da Primeira Guerra Mundial, Wittgenstein era um admirador de Karl Kraus, cujos escritos valorizava muito. Durante sua primeira estada mais longa na Noruega, de outubro de 1913 a junho de 1914, ele fez que os exemplares da revista lhe fossem enviados (cf. Engelmann, p. 102). Foi por causa da declaração de Kraus sobre *Brenner* em *Die Fackel* (n. 368/369, de 5/02/1913, p. 32: "Que a única revista honesta da Áustria seja publicada em Innsbruck é algo que se deveria saber, se não na Áustria, pelo menos na Alemanha, cuja única revista honesta é, igualmente, publicada em Innsbruck".) que Wittgenstein fez uma doação ao editor da *Brenner*, Ludwig von Ficker. Mais tarde a postura de Wittgenstein em relação a Kraus foi ficando cada vez mais crítica. Em uma carta a Ludwig Hänsel ele fala do perigo da influência negativa do modo de escrever aforístico e de como ele mesmo teria sido influenciado (cf. Hänsel, p. 143).

Ver também uma observação de 11 de janeiro de 1948 (MS 136, p. 91b, citado segundo *VB*, p. 129):

> As passas podem ser o melhor de um bolo; mas um saco cheio de passas não é melhor do que um bolo; & quem estiver em condições de nos dar um saco de passas nem por isso pode fazer um bolo, quem dirá então fazer algo melhor. Penso em Kraus & nos seus aforismos, mas também em mim mesmo & nas minhas observações filosóficas.
>
> Um bolo não é o mesmo que uma mistura de passas.

Tia Clara: trata-se de Clara Wittgenstein, nascida em 9 de abril de 1850, em Leipzig, e falecida em 29 de maio de 1935, em Laxenburg. Era uma das irmãs de Karl Wittgenstein. Ela permaneceu solteira e vivia a maior parte do ano no Castelo Laxenburg, nas proximidades de Viena. Os filhos de Karl Wittgenstein passavam frequentemente os feriados com ela, o que os fez guardarem recordações de uma boa época cheia de cuidados por parte de sua tia (ver Hermine Wittgenstein, *Familienerinnerungen* [Recordações de família], p. 219-230).

Thumersbach: vilarejo nas cercanias de Salzburg, próximo a Zell am See.

Laxenburg: em Laxenburg, ao sul de Viena, a família Wittgenstein possuía um antigo castelo que era ocupado principalmente por Paul e Clara, irmãos de Karl Wittgenstein. (cf. *Familienerinnerungen*, p. 227).

Gottlieben: vilarejo localizado no cantão suíço de Thurgau, no lago de Constança, próximo de Constança.

Talla: trata-se de Talla Sjögren, nascido em 22 de julho de 1902, em Donawitz (Boêmia), e falecido em 15 de abril de 1945, no Chile. Ele era um dos três filhos de Carl e Mima Sjögren e irmão do amigo de Wittgenstein, Arvid. Após a morte prematura de seu pai, passou a viver com sua mãe e seus dois irmãos em Viena, onde também realizou seus estudos universitários. Talla Sjögren era engenheiro civil e florestal e especializou-se em engenharia industrial nos Estados Unidos. Adquiriu uma fazenda no Chile e foi assassinado lá em 1945 por um ladrão.

38 *Murakami*: quase ilegível; poderia ser também "Nurekami", "Nurekamd" ou "Unrekami". Trata-se provavelmente de um comerciante de obras de arte japonesas em Londres. (Ver uma carta de Hermine Wittgenstein para Ludwig Wittgenstein, presumivelmente escrita em outubro de 1932 e editada nas *Familienbriefen* [Cartas da família].) Não se descobriu nada de mais preciso.

39 *Gilbert*: trata-se de Gilbert Pattisson, nascido em 22 de agosto de 1908, em Kensington, e falecido em 22 de outubro de 1994, em Tollesbury, Essex. Depois de concluir o colégio em Kent e Rugby, após 1926, Patisson ficou viajando durante um ano pela Europa para, assim, melhorar seus conhecimentos de francês e de alemão em Versalhes e Bonn, respectivamente. No verão de 1927, teve poliomielite, doença que lhe deixou fortes marcas para o resto da vida. No outono de 1928, foi para o Emmanuel College, em Cambridge, para se formar em línguas modernas. Pattisson e Wittgenstein conheceram-se em um trem vindo de Viena quando, após as férias de Páscoa de 1929, ambos viajavam para Cambridge. Eles permaneceram amigos íntimos durante o tem-

po que passaram juntos em Cambridge. Pattisson diplomou-se em 1931 e tornou-se contador na Kemp Chatteris (e depois na Touche Ross) até sua aposentadoria precoce em 1962, em função de ter ficado preso a uma cadeira de rodas. Durante os anos 1930, Wittgenstein e Pattisson permaneceram amigos. Frequentemente Pattisson passava os fins de semana em Cambridge. Depois do casamento de Pattisson, em 1939, os dois passaram a se ver pouco, pois Wittgenstein tinha pouca simpatia pelo fato de a vida de seu amigo ter se tornado muito "doméstica".

uma longa carta a Gretl: não verificado.

Lettice: trata-se de Lettice Cautley Ramsey; sobrenome de solteira: Baker. Nascida em 2 de agosto de 1898, em Gomshall, Surrey, e falecida em 12 de julho de 1985, (provavelmente) em Cambridge. Após frequentar o Newnham College em Cambridge no período de 1918 a 1921, ela obteve seu título de mestre em 1925. Casou-se no mesmo ano com Frank Plumpton Ramsey. Lettice era uma fotógrafa conhecida. Em 1932, tornou-se diretora da Ramsey & Muspratt, os "Fotógrafos de Cambridge". Era uma das poucas mulheres em cuja companhia Wittgenstein se sentia bem. Quando regressou à Inglaterra, no início de 1929, ele morou os primeiros 14 dias na casa de Lettice e F. P. Ramsey, na Mortimer Road, em Cambridge (cf. uma carta de Keynes de 25 de fevereiro de 1929 à sua mulher, in: *Nedo*, p. 225).

40 *calço forte & estável*: perto do Natal de 1932. Marguerite escreveu a Margarete Stonborough uma carta em que comunicava a intenção de casar-se com Talla Sjögren. O casamento ocorreu já no ano-novo. Marguerite encontrou em Talla Sjögren, segundo ela própria afirmou, o companheiro que "correspondia à sua forma de vida e significava tranquilidade" (Confidência de Marguerite de Chambrier a Ilse Somavilla em carta de 25 de setembro de 1995).

Na manhã de domingo, uma hora antes do casamento, Wittgenstein procurou Marguerite e suplicou: "Você está fazendo uma viagem de barco e o mar ficará bravo. Permaneça ligada a mim, assim você não afundará" (cf. Monk, edição alemã, na tradução de H. G. Holl e E. Rathgeb, p. 362. Cf. também o artigo de jornal de Alice Villon-Lechner sobre uma entrevista com Marguerite de Chambrier em *Die Weltwoche*, n. 24, 15/07/1989). Sua separação definitiva de Wittgenstein, entretanto, ocorreu, segundo Marguerite, apenas em 1946, quando ela recebeu uma carta dele que, segundo suas próprias palavras, a feriu muito profundamente. Nessa carta (datada de 13/08/1946), Wittgenstein manifestava o desejo de que Marguerite um dia encontrasse finalmente um trabalho que a pusesse em relação "com seres humanos de uma maneira humana, e não como uma dama". "Se algum dia você tiver ou procurar uma profissão decente eu gostaria muito de vê-la de novo! Não como uma dama viajante. Nós apenas deprimiríamos um ao outro." Após essa carta há, entretanto, uma outra de Wittgenstein para Marguerite, datada de 9 de setembro de 1948, em que ele a agradece por uma "amável remessa" (de acordo com a senhora de Chambrier, trata-se provavelmente do envio de chocolate).

Moore: trata-se de Georg Edward Moore, nascido em 4 de novembro de 1873, em Londres, e falecido em 24 de outubro de 1958, em Cambridge. Professor em Cambridge de 1925 a 1939. Professor convidado nos Estados Unidos de 1940 a 1944. Editor da revista filosófica *Mind*. Com seu artigo "Refutation of Idealism" [Refutação ao idealismo] (*Mind*, 1903), ele passou a ser considerado um dos fundadores do neorrealismo inglês. Principais obras: *Principia Ethica*, 1903; *Ethics*, 1912; *Common-place Book of G.E.M.*, 1912-1953; *Philosophical Studies* [Estudos filosóficos], 1922; *A Defence Of Common Sense* [Uma defesa do senso comum], 1924.
Sobre as manifestações de Wittgenstein acerca de Moore ver Hänsel, p. 143 s. Ver também: Malcolm, Normann. *Ludwig Wittgenstein. A Memoir* [Ludwig Wittgenstein. Uma memória]. Oxford, New York: Oxford University Press, 1984. p. 116.

42

Helene: trata-se de Helene Salzer, sobrenome de solteira: Wittgenstein. Nascida em 23 de agosto de 1879, em Viena, e falecida em 1956, também em Viena. Chamada de Lenka pela família. Segunda irmã mais velha de Wittgenstein, cujo humor e musicalidade ele apreciava acima de tudo.

43

45 *Peter Schlemihl*: trata-se do conto *Peter Schlemihls wundersame Geschichte* [A história extraordinária de Peter Schlemihl], de Adelbert von Chamisso (1781-1838), publicado em 1814. É uma fábula sobre um homem sem sombra que tinha relações com o diabo. Um tipo de Fausto da época do Biedermeier. Ele foi caracterizado por Thomas Mann como "novela fantástica".

É a seguinte a observação de Wittgenstein sobre Peter Schlemihl no MS 111:

> A história de Peter Schlemihl deveria, me parece, transcorrer assim: ele vende sua alma ao diabo por dinheiro. Depois se arrepende & o diabo então exige sua sombra como resgate. Mas Peter Schlemihl ainda tem a possibilidade de escolher entre dar sua alma para o diabo ou renunciar à sua sombra e à vida comunitária com os demais seres humanos (MS 111, p. 77: 11/08/1931, citado segundo *VB*, p. 48).

No novo apartamento: é difícil responder à pergunta sobre onde Wittgenstein vivia nesse tempo. Ao longo do ano de 1930, o *Cambridge University Reporter* publicou três vezes uma lista com os endereços dos membros da universidade que moravam em Cambridge. Em outubro de 1930, falta a indicação de um endereço de Wittgenstein. Apenas em janeiro de 1931 é fornecido como endereço "6, Grantchester Road". Em abril de 1931, é mencionado o endereço "C1

Bishop's Hostel, Trinity College". (Nesse período já lhe tinha sido concedida uma bolsa de pesquisa no College.) Tendo em vista que, às vezes, as informações sobre o local de moradia eram impressas com atraso, não se deve excluir a possibilidade de que em outubro de 1930 Wittgenstein já morasse na Grantchester Road. Os proprietários da casa eram George e Alison Quiggin, que provavelmente alugavam um ou dois quartos para Wittgenstein. (Informação de Jonathan Smith, Trinity College Library, Cambridge CB 2 1 TQ, em carta de 27/10/1995 a Ilse Somavilla.)

sobre as cinzas da cultura: comparar com o que Wittgenstein escreve no MS 107: "Eu disse uma vez, & talvez com razão: da cultura antiga restará um monte de destroços & ao fim apenas um monte de cinzas; mas espíritos flutuarão sobre essas cinzas" (MS 107, p. 229: 10 e 11/01/1930, citado segundo *VB*, p. 25). **46**

em minha primeira aula: quando no outono de 1930 Wittgenstein retornou a Cambridge, deu então início, no dia 13 de outubro, a seu curso sobre o papel e as dificuldades da filosofia com as seguintes palavras: **47**

> O nimbo da filosofia desapareceu, pois agora temos um método de fazer filosofia, e podemos falar de filósofos habilitados. Compare as diferenças entre a alquimia e a química; a

química tem um método e podemos falar de químicos habilitados. Todavia, assim que se encontra um método, as oportunidades de expressão da personalidade diminuem proporcionalmente. A tendência de nosso tempo é restringir tais oportunidades; isto é característico de uma época de cultura decadente ou sem cultura. Em períodos assim, um grande homem não deixa necessariamente de ser grande, mas hoje a filosofia está sendo reduzida a uma questão de habilidade e o nimbo do filósofo está desaparecendo. O que é a filosofia? Uma indagação sobre a essência do mundo? Queremos uma resposta definitiva, ou uma descrição do mundo, verificável ou não. Certamente, podemos fazer uma descrição do mundo, incluindo estados psíquicos, e descobrir as leis que o governam. Mas, ainda assim, teríamos omitido muito; teríamos deixado de lado a matemática, por exemplo. Na verdade, o que estamos fazendo é colocar nossas ideias em ordem, para esclarecer o que pode ser dito sobre o mundo. Estamos confusos sobre o que pode ser dito, mas tentando esclarecer a confusão.

Essa atividade de esclarecimento é a filosofia. Seguiremos, portanto, esse instinto de esclarecer, deixando de lado a pergunta inicial, O que é a filosofia? [...]*

Outros pontos abordados por Wittgenstein em seu primeiro curso foram "O que é uma proposição?", "Mas o que é ter sentido e significado? E o que é negação?", "Pegue a palavra-

---

* Em inglês no original. (N. E.)

cor verde, por exemplo", "Pode-se dizer, Uma proposição é uma expressão de pensamento"*, e finalmente:

> Em ciência, podemos comparar o que estamos fazendo com, digamos, a construção de uma casa. Primeiro, lançamos uma fundação firme; depois de pronta, ela não deve mais ser tocada ou deslocada. Em filosofia, não estamos lançando fundações, mas arrumando um cômodo, e nesse processo devemos tocar em tudo uma dúzia de vezes. A única maneira de fazer filosofia é fazer tudo duas vezes.**

(Cf. *Wittgenstein's lectures. Cambridge 1930-1932* [Conferências de Wittgenstein. Cambridge 1930-1932]. A partir das notas de John King and Desmond Lee. Editado por Desmond Lee. Oxford: Basil Blackwell, 1980, p. 21-24.)

definição freudiana de sono: em suas Conferências introdutórias sobre a psicanálise, Freud, em conexão com suas pesquisas sobre o "essencial do sonho", responde nos seguintes termos à questão sobre o que vem a ser o sono:

> Este é um problema fisiológico ou biológico ainda muito discutível. Não podemos decidir nada em relação a esse ponto, mas penso que podemos tentar procurar uma característica psicológica do sono. O sono é um estado em que não

---
* Em inglês no original. (N. E.)
** Em inglês no original. (N. E.)

quero saber nada do mundo exterior, em que me abstenho do interesse por ele. Mergulho no sono ao me retirar do mundo e manter seu estímulo longe de mim. Também durmo quando estou cansado dele. Ao adormecer digo ao mundo exterior: deixe-me em paz, pois quero dormir. A criança, ao contrário, diz: não quero ir dormir, não estou cansada, ainda quero vivenciar alguma coisa. A tendência biológica do sono parece, assim, ser o repouso, enquanto seu caráter psicológico parece ser a interrupção do interesse pelo mundo. (...)

Segundo essa definição, o sono seria, de acordo com Freud, supérfluo. Mas, uma vez que ele existe, tem de haver algo que não deixe a alma em paz. "Estímulos agem sobre ela, e ela tem de reagir a eles. O sonho é, então, o modo como a alma reage aos estímulos que agem sobre ela no estado do sono (...)" (cf. Freud, S., *Gesammelte Werke* [Obras reunidas], vol. XI, *Vorlesungen zur Einführung in die Psychoanalyse* [Conferências introdutórias sobre a psicanálise], Londres, Imago Publishing Co. Ltd., 1948, 5ª Conferência: "Schwierigkeiten und erste Annäherungen" [Dificuldades e primeiras aproximações], p. 84 ss. Ver também a 26ª Conferência: "Die Libidotheorie und der Narzisismus" [A teoria da libido e o narcisismo], p. 432).

52 *A verdadeira modéstia é um assunto religioso*: ver a observação de Wittgenstein no MS 128, p. 46 (por volta de 1944): "Os seres humanos são religiosos na medida em que creem ser não tanto *imperfeitos*, mas *doentes*.

Toda pessoa mais ou menos decente crê ser altamente imperfeita, mas o religioso crê ser *miserável*" (citado segundo *VB*, p. 92 s.).

one always makes a fool of oneself: tornar-se ridículo, ridicularizar-se, fazer papel de bobo.

Nietzsche: Friedrich Nietzsche (1844-1900).

26,: data com vírgula, em vez de ponto.

Keller: trata-se de Gottfried Keller, nascido em 19 de julho de 1819, em Zurique, e falecido em 15 de julho de 1890, também em Zurique. Poeta suíço. Participou das lutas políticas durante o período da assim chamada Regeneração. Estabeleceu contato estreito com Ludwig Feuerbach, que marcou de maneira decisiva sua visão de mundo. Keller desenvolveu seu próprio estilo poético-realista em confronto com o romantismo tardio. Conhecidos são seu romance de formação *Der Grüne Heinrich* [O verde Henrique] (1ª versão 1854/1855, 2ª versão 1879/1880) e os ciclos de novela *Die Leute von Seldwyla* [O povo de Seldwyla] (1856-1874); *Sieben Legenden* [Sete lendas] (1872); *Zürcher Novellen* [Novelas de Zurique] (1878); e *Das Sinngedicht* [O poema romântico] (1882). Romance: *Martin Salander* (1886); *Gesammelte Gedichte* [Poemas reunidos] (1883).

Engelmann conta que Gottfried Keller era um dos poucos grandes poetas que Wittgenstein "venerava profunda e apaixonadamente"; ele possuiria aquela "sinceridade", a "plena adequação da expressão ao sentimento" que Wittgenstein procurava na arte (cf. Engelmann, p. 66). Wittgenstein, em parte, também adquiriu de Keller o hábito de escrever diários – a partir de um "impulso de imitação", como ele mesmo observou (cf. McGuinness, p. 103 s.). Ludwig Hänsel escreveu que Wittgenstein apreciava as novelas de Keller, especialmente o episódio com o personagem Leu em "Landvogt von Greifensee" (cf. Hänsel, p. 245). Wittgenstein encontrava em Keller uma sabedoria que "nunca esperaria de Freud" (cf. *Vorlesungen und Gespräche*, p. 64).

60 *Labor*: Trata-se de Josef Labor, nascido em 29 de junho de 1842, em Horowitz (Boêmia), e falecido em 26 de abril de 1924, em Viena. Compositor que ficou cego muito cedo e se formou no Instituto para Cegos de Viena, bem como no Conservatório de Viena. Obteve reconhecimento geral já na sua primeira apresentação de piano no ano de 1863 e foi nomeado pianista da câmara real de Hannover. A partir de 1866, deu início à sua formação em Viena também como organista e, em 1879, começou a se apresentar como virtuose do órgão. Logo passou a desfrutar da fama de melhor organista da Áustria. Algumas de suas obras são: Concerto para violino, Concerto em si menor para piano e orquestra,

Música de câmara com piano, composições vocais e peças para piano. Entre seus alunos podemos citar R. Braum, J. Bittner e A. Schönberg (cf. Riemann, Hugo. *Musik-Lexicon*, Mainz: B. Schott's Söhne, 1961).

Labor circulava muito pela mansão dos Wittgenstein e era protegido principalmente de Hermine. Em 1923, foi criada uma "Aliança-Labor" para "facilitar a atuação do virtuose do órgão e artista dos sons Josef Labor" e "possibilitar a impressão de numerosos poemas musicais" (cf. Hänsel, p. 287).

McGuinness diz que a música de câmara de Labor era a única música contemporânea a que Wittgenstein atribuía algum valor (cf. McGuinness, p. 206).

As três variações antes da entrada do coro na 9ª Sinfonia: Wittgenstein tem em mente aqui as citações do começo dos movimentos (primeiro a terceiro movimentos) que Beethoven traz durante a longa introdução do movimento final da sua 9ª Sinfonia. Poder-se-ia, então, ver a entrada do coro como começo da parte principal desse movimento final. A caracterização "variações" não seria, entretanto, correta.

Wittgenstein provavelmente está se referindo às reminiscências aos primeiro, segundo e terceiro movimentos, no movimento final, do "tema da alegria". Trata-se do segundo trecho, seguido do solo de barítono: "O Freunde, nicht diese Töne..."; então, inicia-se o coro. (Informação fornecida pelo dr. Othmar Costa, de Innsbruck, e pelo professor universitário dr. Friedrich Heller, de Viena.)

64 *Biblioteca de Alexandria*: nome das duas bibliotecas fundadas em Alexandria por Ptolomeu II Filadelfo (283-246 a.C.). A grande Biblioteca de Alexandria, parte integrante do Museion, em Brucheion, continha 700 mil rolos de papiro. Em 47 a.C. o fogo destruiu grande parte da biblioteca durante a guerra alexandrina.

Em 272 d.C., Museion e Brucheion foram destruídas. A pequena Biblioteca de Alexandria em Serapeion contava com mais de 40 mil rolos de papiro e foi destruída em 391 d.C. por uma rebelião comandada por patriarcas cristãos.

65

A tarefa da filosofia é acalmar o espírito sobre questões insignificantes. Quem não tende a tais questões não precisa da filosofia. Ver sobre isso as *Philosophische Untersuchungen* [*Investigações filosóficas*], § 133:

> (...) Pois a clareza aspirada por nós é, entretanto, uma clareza *completa*. Mas isso significa apenas que os problemas filosóficos devem desaparecer *completamente*.
>
> A verdadeira descoberta é a que me torna capaz de interromper o filosofar quando quero. – A que acalma a filosofia, de tal maneira que ela não seja mais fustigada por questões que abordam a *própria filosofia*.

Rothe: trata-se provavelmente de R. Rothe (falecido em 1942), autor de um livro didático intitulado *Höhere Mathematik* [Matemática elevada], destinado a matemáticos, físicos e engenheiros. Leipzig, Teubner-Verlag.

Hamann: trata-se de Johann Georg Hamann, nascido em 27 de agosto de 1730, em Königsberg, e falecido em 21 de junho de 1788, em Münster. Filósofo alemão. Amigo íntimo de Jacobi, Kant e Herder. Voltou-se contra o fato de o racionalismo do Iluminismo não levar em conta a historicidade do ser humano. Segundo Hamann, a razão não deve ser separada da intuição, da compreensão e da experiência histórica, o conhecimento de Deus não deve ser explicado sem que se leve em conta a experiência histórica; o pensamento é impossível sem a linguagem, e esta depende da experiência sensível. Hamann influenciou o movimento *Sturm und Drang*, principalmente Herder e Goethe, mas também Hegel e Schelling, como também a filosofia existencialista (especialmente Kierkegaard). Obras: *Sokratische Denkwürdigkeiten* [Memórias socráticas]; *Aesthetica in nuce, Golgatha und Scheblimini, Metakritik über den Purismus der reinen Vernunft* [Metacrítica do purismo da razão pura].
Sobre paralelos entre Wittgenstein e a filologia de Hamann, ver Rochelt, H. "Das Creditiv in der Sprache" [O creditício na linguagem], in: *Literatur und Kritik* [Literatura e crítica], Revista mensal austríaca n. 33, abril de 1969. Salzburg, Otto Müller-Verlag, 1969, p. 169-176.

68 *Moses Mendelssohn*: nascido em 6 de setembro de 1729, em Dessau, e falecido em 4 de janeiro de 1786, em Berlim. Filósofo judeu do Iluminismo. Esforçou-se por melhorias na situação legal dos judeus e na relação entre eles e os não judeus. Como filósofo, ele se situa na tradição do racionalismo crítico dos séculos XVII e XVIII e, como filósofo do Iluminismo, identifica o judaísmo com a religião racional do Iluminismo. Sua contribuição foi decisiva para tirar os judeus do gueto espiritual. Ele foi de grande importância para a história social, religiosa e espiritual judaica por causa de sua interpretação da religião judaica por meio de categorias filosóficas.

em suas cartas a Hamann: na correspondência de Moses Mendelssohn, encontra-se apenas uma carta a Hamann, datada de 2 de março de 1762. Entretanto, há na correspondência de Johann Georg Hamann várias cartas de Hamann a Mendelssohn (ver Hamann, J. G., *Briefwechsel* [Correspondência], vol. II, 1760-1769. Editado por Walther Ziesemer e Arthur Henkel Wiesbaden, Insel Verlag, 1956, p. 134 s.).
É, contudo, possível que Wittgenstein esteja se referindo ao texto de Mendelssohn *Antheil an den Briefen, die neueste Litteratur betreffend* [Participação nas cartas concernentes à mais nova literatura], em que ele escreve sobre Hamann de uma maneira crítica e ofensiva. Ver: Mendelssohn, M. *Gesammelte Schriften* [Obras reunidas], em sete volumes. Editado por G.

B. Mendelssohn, Leipzig, Brockhaus, 1844, vol. IV, 2ª seção: "Socratische Denkwürdigkeiten für die lange Weile des Publicums" [Memórias socráticas para um longo momento do público]. XXV, 19 de junho de 1760, 113ª carta, p. 99-105. Ver também: "Die dunkle Schreibart mancher Schriftsteller" [O modo obscuro de escrever de alguns escritores]. XI, 9 de setembro de 1762, 254ª carta, p. 403-405. XII, 16 de setembro de 1762. Continuação da 254ª carta, p. 405-412. Ver também a 192ª carta da XIIª parte, de 22 de outubro de 1761, p. 311-316, em que Mendelssohn menciona Hamann.

Peregrino querubínico: trata-se do livro *Cherubinischer Wandersmann. Geistreiche Sinn-und Schlußreime zur Göttlichen beschauligkeit anleitende* [*Peregrino querubínico*], de Angelus Silesius (pseudônimo de Johannes Scheffler, 1624-1677), publicado em 1674. A edição definitiva contém seis livros. A coleção contém 1.665 aforismos formulados de maneira brilhante e redigidos em forma de antítese, de acordo com o modelo do *Sexcenta monodisticha sapientium* de Daniel Czepkos, na maior parte das vezes em alexandrinos de dois versos, mas também de quatro.

Silesius parte de um pensamento místico, que nele assume uma forma parcialmente panteísta. Ele não desenvolve nenhum sistema filosófico fechado, mas formula seus pensamentos sobre a relação do ser humano com Deus e com a eternidade como "estilhaço de conhecimento" (W.Fleming).

Confissões: Wittgenstein leu esse escrito de Agostinho e passou a amá-lo, segundo a afirmação de Ludwig Hänsel, no tempo em que foi prisioneiro de guerra nas proximidades de Monte Cassino (cf. Hänsel, p. 245 s.). Em uma carta de 2 de dezembro de 1953, Ludwig Hänsel escreveu o seguinte a Ludwig von Ficker: "Lá [no campo de prisioneiros próximo a Monte Cassino] nós nos conhecemos. Lá ele me introduziu à logística e me deixou ler os manuscritos de seu *Tractatus Logico-Philosophicus*. Lá lemos juntos Dostoiévski e as *Confissões* de Agostinho. Foi um tempo maravilhoso para mim" (cf. Hänsel, p. 251).

Wittgenstein disse a Drury que *Confissões* de Agostinho eram possivelmente "o livro mais sério que já foi escrito" (*Porträts*, p. 16.).

Em seus textos filosóficos, Wittgenstein referia-se constantemente a Agostinho (cf. *Philosophische Untersuchungen*, § 1 a 4, p. 32, 89 e 90, 436 e 618).

71 *batalha de Hermann*: batalha ocorrida na floresta de Teutoburgo, em 9 d.C., com a vitória de Armínio (Hermann, o Querusco) sobre o general romano Varo. Dramatização feita por Kleist, Grabbe e Klopstock. *Die Hermannschlacht*. Peça de Heinrich von Kleist (1777-1811), escrita em 1808 e publicada em 1821 nos textos de Kleist editados por Ludwig Tieck sob o título *Hinterlassenen Schriften* [Textos póstumos]. Encenada pela primeira vez em 18 de outubro de 1880, em Breslau.

por que Hermann quer enviar apenas <u>um</u> mensageiro a seus aliados: Wittgenstein refere-se muito provavelmente à peça de Kleist, *Batalha de Hermann*, mais precisamente à 10ª cena do segundo ato: Hermann quer enviar Luitgar (com seus dois filhos) a Marbod como único mensageiro, apesar de Luitgar pedir a ele para levar consigo mais dois amigos, para o caso de lhe ocorrer algum acidente. Hermann, entretanto, nega, referindo-se à violência dos deuses, sem os quais a grande obra não poderia ser realizada. Seus raios acertariam tanto três mensageiros quanto um único, e não confiar nos deuses significa provocá-los. Hermann coloca, então, tudo nas mãos dos deuses, mesmo com o risco de com isso perder.

Ver o que ele diz a Luitgar:

> (...) Quem vai querer provocar os deuses
> violentos?! Você acha que a grande obra
> poderia ser realizada sem eles?
> E o raio deles poderia despedaçar
> Tanto três mensageiros quanto um único!
> Você vai sozinho; e leve a Marbod
> A seguinte mensagem:
> Que assim seja! Meu destino é aquilo que posso suportar.
> (Cf.: Von Kleist, Heinrich. Dramen 1808-1811. Die Hermannschlacht. 2º ato, 10ª cena. In *Heinrich von Kleist. Sämtliche Werke und Briefe* [Heinrich von Kleist. Obras completas

e cartas]. 4 vols. Editado por Ilse-Marie Barth, Klaüs Muller – Salget, Walter Müller-Seidel e Hinrich C. Seeba. Frankfurt am Main: Deutscher Klassiker-Verlag, 1987.)

72 *Beethoven*: em suas conversas com Drury sobre música, Wittgenstein deu a seguinte resposta à afirmação de Drury de que o movimento lento do quarto concerto para piano de Beethoven seria uma das grandes obras musicais: "O que Beethoven escreve aqui não é destinado apenas à sua própria cultura ou tempo, mas à humanidade como um todo" (Cf. *Porträts*, p. 164). Em outra ocasião ele observa: "Uma vez escrevi que Mozart acreditava tanto no céu quanto no inferno, enquanto Beethoven acreditava apenas no céu e no nada" (*Porträts*, p. 160).

73 *Engelmann*: trata-se de Paul Engelmann, nascido em junho de 1891, em Olmütz, e falecido em 5 de fevereiro de 1965, em Tel Aviv. Arquiteto e filósofo. Estudou arquitetura com Adolf Loos em Viena e foi durante um ano secretário particular voluntário de Karl Kraus. Wittgenstein conheceu Engelmann por ocasião de um curso de formação militar na escola de oficiais de artilharia no outono de 1916, em Olmütz. Eles começaram a se encontrar todas as noites na casa dos Engelmann, com Ernestine Engelmann, mãe de Paul, o estudante de direito Heinrich Groag, o estudante de música Fritz Zweig e seu primo Max Zweig, que, tempos mais tarde,

se tornou dramaturgo. Engelmann emigrou para Tel Aviv em 1934, onde trabalhou como desenhista de móveis. Suas anotações relativas a Wittgenstein e sua correspondência com ele foram publicadas postumamente em um volume (*Ludwig Wittgenstein. Briefe und Begegnungen* [Ludwig Wittgenstein. Cartas e encontros]. Editado por Brian McGuinness. Viena e Munique: Oldenbourg, 1970).

Várias obras de Engelmann ainda não foram publicadas, dentre elas: *Orpheus und Eurydike* [Orfeu e Eurídice]; *Psychologie graphisch dargestellt* [Psicologia apresentada de maneira gráfica]; *Die urproduzierende Großstadt* [A metrópole que explora recursos naturais], bem como uma antologia lírica compilada por ele. Dentre outras obras: *Gedanken* [Pensamentos], 1944; *Im Nebel* [Na névoa], 1945; *Adolf Loos*, 1946; *Dem Andenken an Karl Kraus* [À memória de Karl Kraus], 1949. Na Revista *Fackel*, n. 317/318, de 18/2/1911, Engelmann publicou um poema sobre a casa construída por Loss, na Michaelerplatz, em que ele a designava "como o primeiro sinal de um novo tempo".

durante a construção: Wittgenstein refere-se aqui à construção da casa para Margarete Stonborough no 3º distrito de Viena, em um terreno situado entre Kundmanngasse, Geusaugasse e Parkgasse. Paul Engelmann foi contratado por Margarete como arquiteto e começou o trabalho em 1926.

Com o passar do tempo, Wittgenstein envolveu-se na construção de uma tal maneira que ele, por assim dizer, assumiu sua direção, sendo que após deixar o cargo de professor primário dedicou-se totalmente à arquitetura. A casa ficou pronta no outono de 1928.

construtor: trata-se provavelmente de um construtor chamado Friedl, de quem não se sabe mais nada.

75 *"É bom porque Deus assim o ordenou" é a expressão correta para a ausência de fundamento*: ver as observações de Wittgenstein a Schlick sobre a essência do bom em *Wittgenstein und der Wiener Kreis* [Wittgenstein e o círculo de Viena] (p. 115), onde ele diz: "Se há uma proposição que expressa exatamente o que eu penso, é a proposição: bom é aquilo que Deus ordena". Schlick havia dito em relação às duas concepções da essência do bom na ética teológica que seria mais profunda aquela segundo a qual Deus quer o bom porque ele o reconhece como bom. Wittgenstein, ao contrário, considera como mais profunda a concepção segundo a qual o bom é bom porque Deus o quer. "Penso que a primeira concepção é a mais profunda: bom é aquilo que Deus ordena. Pois ela corta a possibilidade de qualquer explicação de 'por que' isso é bom, enquanto a segunda concepção é rasa, racionalista, e faz que o que é bom ainda possa ser fundamentado".

uma proposição ética (...): ver o *Tractatus Logico-Philoso-* 76
phicus, proposição 6.422:

> O primeiro pensamento que nos ocorre quando se formula uma lei ética da forma 'Você deve...' é: Mas e se eu não o fizer? Mas é claro que a ética nada tem a ver com punição e recompensa, no sentido usual. Portanto, essa questão de quais são as *consequências* de uma ação não deve ter importância. – Pelo menos, essas consequências não podem ser acontecimentos. Pois há decerto algo de correto nessa maneira de formular a questão. Deve haver uma espécie de recompensa ética e punição, mas elas devem residir na própria ação.
> (E também é claro que a recompensa deve ser algo agradável e a punição, algo desagradável.)

com o ouvido interno: ver MS 153ª (p. 127v, 1931, citado 77
segundo *VB*, p. 38): "Estou convicto de que Bruckner compunha somente com o ouvido interno & com uma ideia da orquestra tocando, ao passo que Brahms compunha com a pena. Naturalmente isso está sendo apresentado de uma maneira mais simples do que de fato é. Mas com isso conseguimos obter *uma* característica."

a priori: ver MS 157b (27/2/1937, p. 2 s), "A 'ordem das coi- 81
sas', a ideia da(s) forma(s) de representação, por conseguinte, a própria ideia do *a priori* é ela mesma uma ilusão gramatical".

82 *Paul Ernst*: nascido em 7 de março de 1866, em Elbingerode, Harz, e falecido em 13 de maio de 1933, em St. Georgen an der Stiefing, Steiermark. Escritor alemão. Um dos principais representantes do neoclassicismo, de teorias da arte e teorias críticas da cultura geral (entre outras, "Der Weg zur Form" [O caminho para a forma]). Renovou a novela de acordo com o modelo da rigorosa, em termos formais, novela renascentista (ação concentrada, renúncia à fundamentação psicológica, unidade da forma).

Obras principais: *Der Tod des Cosimo* [A morte de Cosimo] (Novelas, 1912), *Komödiantengeschichten* [Histórias de comediantes] (1920), *Der Schatz im Morgenbrotstal* [O tesouro em Morgenbrotstal] (Romance, 1926), *Das Glück von Lautenthal* [A sorte de Lautenthal] (Romance, 1933).

McGuinness escreve que, no assim chamado *Olmützerkreis* [Círculo de Olmütz] (no período de 1916-1917), discutia-se frequentemente sobre Paul Ernst. Wittgenstein apreciava especialmente o posfácio escrito por Ernst para a sua edição dos *Contos de Grimm*, no qual ele faz indicações sobre como a linguagem nos conduz ao engano por meio de alegorias e formas plásticas de expressão compreendidas literalmente. Esse texto teria influenciado fortemente Wittgenstein, segundo ele próprio afirmou. Wittgenstein teria dito a Rhees que em edições futuras do *Tractatus* gostaria de fazer uma referência a Paul Ernst no prefácio (cf. McGuinness, p. 388 s.).

tal como Dostoiévski o fazia (o milagre nas bodas de Caná): muito provavelmente Wittgenstein se refere aqui ao romance de Dostoiévski *Os irmãos Karamazov* (mais precisamente ao quarto capítulo do livro VII: "O casamento em Caná, na Galileia") – Ao lado do caixão do staretz Zosima, Padre Paissi lê um trecho do evangelho sobre as bodas de Caná. O efeito dessa história nos é transmitido por Aliocha, que, por cansaço, se encontra parcialmente adormecido, e meio sonhando, e compreende o sentido mais profundo do milagre de Caná: com sua transformação da água em vinho Jesus queria, antes de tudo, ofertar alegria às pessoas, pois em um coração está não o sofrimento, mas a alegria das pessoas. "Quem ama os seres humanos ama também sua alegria" – assim falava sempre o Staretz. Ele aparece para Aliocha em sonho e lhe diz que ele também está convidado para o casamento e que Jesus espera sempre por novos hóspedes, para os quais ele transforma a água em vinho para que a alegria não cesse. Após esse sonho, Aliocha, sentindo-se em plena harmonia com a Terra e com as pessoas, tem uma experiência mística semelhante à do cortador de pedra Hanns, da peça "Die Kreuzelschreiber", de Ludwig Anzengruber, que deixou uma profunda impressão em Wittgenstein.

A transformação da água em vinho é, assim, um símbolo do amor de Cristo pelos seres humanos.

Ver também a *Conferência sobre ética*, de Wittgenstein, na qual ele fala sobre o sentido do milagre e sobre nosso espanto com o milagre. Também aqui há uma diferença entre a consideração científica de um fato e sua consideração como milagre, ou seja, sobre o espanto em um sentido relativo e em um absoluto: nosso espanto em sentido relativo seria o espanto acerca de algo que nunca existiu, sendo semelhante ao fato da transformação da água em vinho. Nosso espanto em um sentido ético significa, entretanto, um espanto de outra natureza – como o espanto sobre a existência do mundo, o qual, apesar de nos ser diariamente presente, deveria ser considerado um milagre, sobre o qual qualquer expressão linguística iria, contudo, desembocar no absurdo.

85 *Mahler*: trata-se de Gustav Mahler (1860-1911). Wittgenstein era muito crítico em relação a Mahler. Eis uma de suas observações:

> Se é verdadeiro, como eu creio, que a música de Mahler não vale nada, então a pergunta é, a meu ver, o que ele deveria ter feito com o seu talento. Pois obviamente é preciso uma *série de talentos muito raros* para poder fazer essa música ruim. Ele deveria, por exemplo, ter composto & queimado suas sinfonias? Ou deveria ter se violentado & não as ter composto? Ele deveria tê-las composto, & então compreender que elas não valem nada? Mas como poderia ter compreendido isso? Posso ver isso porque posso comparar sua música à dos grandes compositores. (...) (MS 136, p. 110b: 14/01/1948, citado segundo *VB*, p. 130 s.)

No entanto, com John King, Wittgenstein comentou que seria preciso entender muito de música, de sua história e de seu desenvolvimento, para compreender Mahler (*Porträts*, p. 111).

raryfied: correto: rarefied (de "rarify" = rarefazer, diluir, refinar). Nesse contexto, quer dizer o mesmo que "em uma esfera mais elevada, mais espiritual". 87

do meu irmão Rudi: trata-se de Rudolf Wittgenstein, nascido em 27 de junho de 1881, em Viena, e falecido em 1904, em Berlim. Estudante de química. Quarto filho, terceiro homem, de Karl e Leopoldine Wittgenstein. Era descrito como uma criança medrosa e nervosa, e como aquele que tinha mais aptidão para a literatura. Seu suicídio – ele se envenenou em Berlim quando estava com 23 anos – é atribuído à sua presumida homossexualidade, mas também desempenharam seu papel as dificuldades com as quais ele se defrontou como adulto em Berlim após uma vida cômoda na casa de seus pais (cf. McGuinness, p. 59). 89

Oberländer: trata-se de Adolf Oberländer, um dos caricaturistas da Revista *Fliegende Blätter*.

Fliegende Blätter: revista humorística ilustrada, editada em Munique pela editora Braum & Schneider. Foi publicada de 1844 a 1944. Colaboradores importantes como Wilhelm Busch, Adolf Oberländer, Moritz von Schwind, Carl Spitzweg, Felix Dahn, Ferdinand Freiligrath, Emanuel Geibel e Joseph Victor von Scheffel publicaram nela textos e caricaturas das formas de comportamento típicas da burguesia alemã da época.

93 *Rosalie*: trata-se provavelmente de Rosalie Herrmann, governanta dos Wittgenstein. Há fotos dela no álbum da família Wittgenstein. Em carta de 26 de fevereiro de 1916, Hermine Wittgenstein escreve a Ludwig acerca da "boa e velha Rosalie", que estaria muito doente, provavelmente próxima da morte.

Sibila de Cumes: profetisa grega lendária de origem oriental que tinha seu oráculo em uma gruta na Eritreia (provavelmente por volta do século V a.C.). Após a ocupação do sul da Itália pelos eritreus, esse oráculo foi para Cumes, fazendo surgir a ideia de uma Sibila de Cumes, a quem foram atribuídos os livros de profecias queimados em 83 a.C., levados para Roma na dinastia etrusca de Tarquínio.

95 *Claudius*: trata-se de Matthias Claudius (pseudônimo: Asmus), nascido em 15 de agosto de 1740, em Reinfeld, próximo a Lübeck, e falecido em 21 de janeiro de 1815, em Hamburgo. Estudou teologia e direito. Foi editor do *Wandsbecker*

Boten. Dedicou-se a poemas anacreônticos que tratavam de temas religioso-morais. Sua lírica simples e popular alcançou em sua devoção, confiança infantil e colorido pessoal uma validade atemporal. Os poemas conhecidos de Claudius são principalmente: "Der Mond ist aufgegangen" [A lua surgiu]; "Stimmt an mit hellem klang" [Em consonância com o som claro]; e "Der Tod und das Mädchen" [A morte e a moça]. Sobretudo Karl Kraus divulgou a obra de Claudius.

citação de Espinosa: provavelmente Wittgenstein está se referindo a uma passagem na quinta parte do segundo volume das *Sämmtlichen Werken* [Obras completas] de *Wandsbecke Boten*, no suplemento "Gespräche(n), die Freiheit betreffend" [Debate(s) concernentes à liberdade] " (p. 42).
p. 42 ss.: *A* e *B* discutem sobre a busca da verdade, e nisso chegam a falar de Johann Huss, Mendelssohn e Espinosa. *A* diz:

> (...) Se, contudo, Espinosa esbarrou com sua cabeça e com sua seriedade, aprenda com isso que não seria fácil encontrar a verdade. Espinosa, porém, diz o seguinte:
> "Depois que a experiência me ensinou que tudo o que acontece na vida ordinária é vão e fútil, e vi que tudo que era para mim objeto ou causa de medo não tinha em si nada de bem nem de mau, a não ser na medida em que nos comove o ânimo, decidi, finalmente, indagar se existia algo que fosse um bem verdadeiro, capaz de comunicar-se, e que, rejeitados

por todos os outros, fosse o único a afetar a alma (*animus*); algo que, uma vez descoberto e adquirido, me desse para sempre o gozo de contínua e suprema felicidade. Digo *que me decidi afinal.* Na verdade parecia imprudência, à primeira vista, deixar o certo pelo incerto. Via claramente os proveitos que se colhem das honras e das riquezas, e que seria coagido a abster-me de buscá-las, se quisesse empregar um esforço sério em qualquer coisa nova; se porventura a suprema felicidade nelas se encontrasse, percebia que teria de ficar privado dela; se, por outro lado, ela não se encontrasse nas honras e riquezas e se a estas só desse atenção, do mesmo modo ficaria privado da suma felicidade.

Dava, pois, tratos ao pensamento, a ver se era possível chegar a esse novo modo de proceder ou, ao menos, a uma certeza a respeito dele, sem mudar, embora, a ordem e a conduta ordinária de minha vida. Tentei isso muitas vezes, sem resultado. As coisas que mais frequentemente ocorrem na vida, estimadas como o supremo bem pelos homens, a julgar pelo que eles praticam, reduzem-se, efetivamente, a três, a saber, a riqueza, as honras e o prazer dos sentidos. Com estas três coisas a mente se distrai de tal maneira que muito pouco pode cogitar de qualquer outro bem. (...)

Vendo, pois, que estas coisas me impediam de empreender algum novo propósito de vida e, não só isto, até lhe eram contrárias, de modo que era necessário privar-me de uma coisa ou das outras, fui obrigado a perguntar-me o que era mais útil. (...)

...Não foi, em verdade, sem razão que usei estas palavras: 'na medida em que pudesse ponderar profundamente'. Porque, embora vendo estas coisas com clareza em meu espírito (*mens*), não podia, contudo, livrar-me da sensualidade, da avareza e do amor da glória" (cf.: ESPINOSA, Baruch de. *Tratado da reforma da inteligência*; tradução, introdução e notas de Livio Teixeira, 2. ed. São Paulo: WMF Martins Fontes, 2004).

Hayden: correto: Haydn: Joseph Haydn (1732-1809). 99

"*Ring*": "Der Ring des Nibelungen" [O anel do Nibelungo]: 100
obra musical de Richard Wagner, dividida em quatro partes: "Das Rheingold" [Ouro do Reno]; "Die Walküre" [As Valquírias]; "Siegfried" e "Gotterdämmerung" [O crepúsculo dos deuses].

no teatro (Kierkegaard) da minha alma: provavelmente Witt- 102
genstein refere-se aqui às observações de Kierkegaard sobre o público do teatro em *Die Wiederholung* [A repetição].
Ver Sören Kierkegaard, *Gesammelte Werke* [Obras reunidas].
Editado integralmente em 12 volumes por Hermann Gottsched e Christoph Schrempf. Vol. 3: *Furcht und Zittern. Die Wiederholrung* [Medo e tremor. A repetição]. 3. ed. (cf. tradução de H. C. Ketels, H. Gottsched e Chr. Schrempf, posfácio de Chr. Schrempf). Jena: Eugen Diederichs Verlag, 1923.

107 *no último movimento do concerto para violino*: trata-se do Concerto para Violino e Orquestra em ré maior, opus 77, de Johannes Brahms.
– *Allegro non troppo* – cadência. *Adágio. Allegro giocoso, ma non troppo vivace* – *Poco pin presto.*

a harpa no final da primeira parte do Réquiem Alemão: trata-se da seguinte obra de Johannes Brahms: *Ein deutsches Requiem* (*nach Worten der heiligen Schrift*) [Um réquiem alemão (de acordo com as palavras da Sagrada Escritura)] para solistas, coro, orquestra e órgão, opus 45, sete movimentos, composto em 1868. Wittgenstein provavelmente está se referindo ao segundo movimento do *Réquiem Alemão*.

108 *A alegria pelos meus pensamentos*: ver MS 155 (p. 46r: 1931, citado segundo *VB*, p. 46): "A alegria pelos meus pensamentos é a alegria pela minha própria vida estranha. Isso é alegria de viver?".

113 *Emerson*: trata-se de Ralph Waldo Emerson, nascido em 25 de maio 1803, em Boston, e falecido em 27 de abril de 1882, em Concord (Massachusetts). Filósofo e ensaísta norte-americano.
Emerson demitiu-se de seu cargo eclesiástico por razões de consciência. Procurou, por meio de sua filosofia do "transcendentalismo", influenciada pelo idealismo alemão e pelo

romantismo inglês, fundar uma fé próxima ao panteísmo. Obras: *Ensaios* (1841 e 1844); *Representative Men* [Homens representativos] (1850); *English Traits* [Traços ingleses] (1856). Em 15 de novembro de 1914, Wittgenstein escreveu em seu diário: "Estou lendo agora os *Ensaios* de Emerson. Talvez eles venham a exercer uma boa influência sobre mim" (ver Baum, *Geheime Tagebücher* [Diários secretos], p. 42).

descreve um filósofo para seu amigo: muito provavelmente se trata de Henry David Thoreau. Henry David Thoreau: nascido em 12 de julho de 1817, em Concord (Massachusetts), e falecido em 6 de maio de 1852, em Concord. Americano. Foi escritor e membro dos transcendentalistas. Radical inconformista e individualista. Morou cerca de dois anos em um casebre em Walden Pond, nas proximidades de Concord. Obras: *Walden* (1854); *Civil Disobedience* [Desobediência civil]. Diários.

Lichtenberg: trata-se de Georg Christoph Lichtenberg, nascido em 1 de julho 1742, em Ober-Ramstadt nas proximidades de Darmstadt, e falecido em 24 de fevereiro de 1799, em Göttingen. Físico alemão e escritor. Estudioso das ciências naturais com múltiplos interesses e um dos mais importantes físicos experimentais de seu tempo. Como escritor, obteve destaque acima de tudo por seus artigos científicos e filosófico-psicológicos, mas também especialmente pelos seus "aforismos" irônicos e cheios de espírito.

Em seu artigo "Georg Christoph Lichtenberg als Philosoph" [Georg Christoph Lichtenberg como filósofo] (in: *Theoria*, 8, 1942, p. 201-217), Von Wright chamou a atenção para as semelhanças entre Wittgenstein e Lichtenberg. McGuinness escreve sobre pontos em comum entre Lichtenberg e Wittgenstein em seu livro *Wittgensteins frühe Jahre* [Os primeiros anos de Wittgenstein], p. 74 s. Também em Lichtenberg o tema dos erros e equívocos que surgem em função do mau uso da linguagem ou de mal-entendidos linguísticos desempenha um papel muito importante.

J. P. Stern coloca em discussão paralelos entre Lichtenberg e Wittgenstein em "Comparing Wittgenstein and Lichtenberg" [Comparando Wittgenstein e Lichtenberg] (Em *Lichtenberg: a Doctrin of Scattered Occasions* [Lichtenberg: uma doutrina de ocasiões difusas], Bloomington (Indiana), Indiana University Press, 1959).

J. P. Stern escreve que Lichtenberg em uma de suas últimas anotações antecipa a mais importante das concepções do jovem Wittgenstein, qual seja, aquela relativa ao que meramente se "mostra" (ver: Stern, Joseph Peter. Lichtenbergs Sprachspiele [Os jogos de palavras de Lichtenberg]. In: *Aufklärung über Lichtenberg* [Esclarecimento sobre Lichtenberg]. Série Kleine Vandenhoeck. Com contribuições de Helmut Heißenbüttel, Armin Hermann, Wolfgang Promies, Joseph Peter Stern, Rudolf Vierhaus. Göttingen: Vandenhoeck, 1974. p. 60-75).

Ver também: Helmut Heißenbüttel, *Georg Christoph Lichtenberg – der erste Autor des 20. Jahrhunderts* [Georg Christoph Lichtenberg – o primeiro autor do século XX], in *Aufklärung über Lichtenberg* [Esclarecimento sobre Lichtenberg], p. 76-92; e Johannes Roggenhofer, *Zum Sprachdenken Georg Christoph Lichtenbergs* [Sobre o pensamento linguístico de Georg Christoph Lichtenberg]. Trabalhos linguísticos 275. Editado por Hans Altmann, Peter Blumenthal, Herbert E. Brekle, Gerhad Helbig, Hans Jürgen Heringer, Heinz Vater e Richard Wiese. Tübingen: Max Niemayer Verlag, 1992.

a figura do temor ao ridículo: não verificado.

minha confissão: não se pode comprovar com certeza se Wittgenstein nessa época havia acabado de se confessar ou se apenas tencionava fazê-lo. Drury escreve sobre uma confissão de Wittgenstein no ano de 1931, mas não está totalmente seguro sobre a data (cf. *Porträts und Gespräche*, p. 171). É sabido, entretanto, que Wittgenstein entre o fim de 1936 e o início de 1937 fez uma confissão para muitos de seus amigos e para sua família (cf. comentário sobre a página 142). 124

"*& não tivesse o amor...*": ver a primeira epístola de Paulo aos Coríntios (1 Coríntios, 13:1).

125 *de meu irmão Kurt*: trata-se de Konrad Wittgenstein, nascido em 1 de maio de 1878, em Viena, e falecido em 9 de setembro de 1918, em um campo de batalha na Itália. Kurt era o segundo irmão mais velho de Wittgenstein. Ele parecia "dotado de serenidade" (cf. *Familienerinnerungen*, p. 102 s.), e assumiu uma das firmas de seu pai. Ele cometeu o suicídio quando, na Primeira Guerra Mundial, sua tropa se negou a obedecê-lo e desertou.

128 *"but you have fettered me"*: mas o sr. me prendeu.

131 *tu te fache, donc tu as tort*: correto: tu te fâche = "Você está se zangando, logo, não tem razão."

134 *agitadores corsas*: no original foi empregada a palavra *Briganten* (do italiano), para designar agitadores, desordeiros, bem como salteadores e piratas. Comentário de Wittgenstein no MS 153b (p. 39v: 1931, citado segundo *VB*, p. 40): "Vejo as fotografias dos agitadores corsas e penso: os rostos são excessivamente duros & o meu suave demais para que a cristandade pudesse escrever sobre ele. Os rostos dos agitadores são terríveis de se ver &, entretanto, eles não estão mais distantes da vida correta do que eu & apenas se encontram de um outro lado dela que não o meu".

mutile completamente uma pessoa: ver as observações de Witt- 139
genstein sobre *The Golden Bough* [*O Ramo Dourado*] de Frazer
no MS 143, p. 681:

> (...) Mas pode bem ser que o corpo totalmente raspado nos
> leve a perder em algum sentido o respeito próprio. (Irmãos
> Karamazov) Não há nenhuma dúvida de que uma mutilação
> que nos faz parecer ridículos, desonrados aos nossos próprios
> olhos, pode nos roubar toda a vontade de nos defendermos.
> Quão constrangidos ficamos às vezes – ou muitas pessoas
> (eu) – por causa de nossa inferioridade física ou estética.

(Essa passagem não se encontra publicada em todas as edições das *Remarks on Frazer's Golden Bough* [Observações sobre o Ramo Dourado de Frazer]; ela pode ser encontrada – ainda que em uma reprodução não totalmente fiel ao original – já que está parcialmente corrigida – em Ludwig Wittgenstein, *Philosophical Occasions 1912-1951* [Ludwig Wittgenstein. Ocasiões filosóficas], editado por James C. Klagge e Alfred Nordmann, Indianapolis & Cambridge, Hackett: Publishing Company, 1993, p. 154. E também na edição organizada por Rush Rhees em 1967: Bemerkungen über Frazers THE GOLDEN BOUGH [Observações sobre o The Golden Bough, de Frazer], em *Synthese*, editado por Jaakko Hintikka, Dordrecht, Holland, D. Reidel Publishing Company, P.O. Box 17, p. 233-253.)

142 *Hänsel*: trata-se de Ludwig Hänsel, nascido em 8 de dezemrbo de 1886, em Hallein (Salzburg), e falecido em 8 de setembro de 1959, em Viena. Professor de latim e de francês no ensino médio. Wittgenstein conheceu Hänsel no período em que era prisioneiro de guerra em Monte Cassino no ano de 1919 e permaneceu seu amigo até o fim da vida (ver: Hänsel, Ludwig. *Eine Freundschaft. Briefe. Aufsätze. Kommentare* [Ludwig Wittgenstein. Uma amizade. Cartas. Ensaios. Comentários]. Brenner-Studien. vol. XIV. Innsbruck: Haymon Verlag, 1994).

uma confissão: em 7 de novembro de 1936, Wittgenstein apresenta em uma carta a Ludwig Hänsel uma confissão de sua pretensa mentira em relação à sua ascendência, mais precisamente, a de descender de um quarto de "arianos" e três quartos de judeus, e não o contrário, como sempre teria afirmado. Ele pediu a Hänsel para mostrar a carta para sua família, assim como para os irmãos de Wittgenstein e suas famílias e amigos. Em uma outra carta a Hänsel, Wittgenstein fala da sua intenção de, por ocasião de sua visita de Natal, apresentar a todos os amigos e parentes na Áustria uma confissão mais detalhada. (Ver Hänsel, p. 136-138). Segundo informação de John Stonborough a Ilse Somavilla, Wittgenstein, por ocasião da reunião de Natal na Alleegasse, deixou uma confissão por escrito sobre a mesa quando a família se reuniu para a ceia. Dadas as palavras de Margarete

Stonborough, a saber, que "pessoas honradas não leem as confissões de outras", ninguém da família – com uma única exceção – tocou na confissão. Wittgenstein escreveu também a Engelmann e, no início de 1937, procurou na Inglaterra por G. E. Moore, Fania Pascal e Rush Rhees para confessar a eles seus "pecados". Segundo Fania Pascal, entretanto, Wittgenstein nunca havia dito nada de falso sobre sua origem racial, e, se alguém o tomou por algo diferente do que realmente era, isso só poderia ser atribuído a uma omissão consciente ou inconsciente de sua parte. Ela não teria conhecido ninguém que fosse menos capaz de mentir do que ele (cf. *Porträts und Gespräche*, p. 67). Também Rush Rhees escreve que ele nunca havia ouvido alguém dizer que Wittgenstein tentara esconder sua origem (cf. *Porträts und Gespräche*, p. 241).

Ver a anotação de Wittgenstein no MS 154 (p. 1r: 1931, citado segundo VB. p.40): "Uma confissão tem de fazer parte da nova vida".

Francis: trata-se de Sidney George Francis Skinner, nascido 144 em 9 de junho de 1912, em South Kensington, e falecido em 11 de outubro de 1941, em Cambridge. Em 1930, Skinner foi estudar matemática em Cambridge, onde conheceu Wittgenstein. Apesar de sua elevada aptidão – em 1931 obteve uma *first class* na primeira parte do *Mathematics Tripos* e, em 1933, outra *first class* na segunda parte –, ele renunciou a uma carreira acadêmica para, seguindo uma orientação de Wittgenstein, aprender um ofício manual. Para consternação de sua família, Francis assume um posto de aprendiz na Cambridge Scientific Instrument Company, mudando mais tarde para a firma Pye. De 1933 a 1941 (ano em que Francis morreu de poliomielite), ele foi o amigo mais íntimo de Wittgenstein e morou com ele durante um tempo em um apartamento na East Road, em Cambridge. Frequentemente, ambos viajavam juntos, e Skinner visitou Wittgenstein na Noruega no outono de 1937 (de 18/09 a 01/10). Na relação deles, o trabalho filosófico de Wittgenstein desempenhava um grande papel: em 1934-1935 Wittgenstein ditou a Skinner o livro *Braune Buch* [Livro marrom], mas pode-se admitir que o texto tenha se desenvolvido a partir do diálogo entre os dois amigos (cf.: Fania Pascal, in *Porträts und Gespräche*, p. 49-54). Skinner tinha uma natureza calma e modesta; ele se sujeitava a Wittgenstein quase cegamente. Sua morte produziu neste sentimentos de culpa. Ver a seguinte anotação de Wittgenstein de 28 de dezembro de 1941 no MS 125 (citado segundo Monk, p. 625): "Tenho pensado muito em Francis, mas sempre apenas com arrependimento por causa de minha falta de amor; não com gratidão. Sua vida e sua morte parecem apenas me acusar, pois nos últimos dois anos de sua vida fui muito frequentemente insensível e, no fundo, infiel a ele. Se ele não tivesse sido tão infinitamente doce e fiel eu teria me tornado totalmente insensível em relação a ele".

uma bela & tocante resposta: ver a carta de Hänsel a Wittgenstein datada de 15 de novembro de 1936 em *Hänsel*, p. 136 s.

Mining: trata-se de Hermine Wittgenstein, nascida em 1º de dezembro de 1874, em Eichwald, próximo a Teiplitz (Boêmia), e falecida em 11 de fevereiro de 1950, em Viena. Era a irmã mais velha de Wittgenstein. Foi apelidada de "Mining" por causa de um personagem do romance *Ut mine Stromtid*, de Fritz Reuter. Ela permaneceu solteira durante toda sua vida e tornou-se, após a morte de Karl Wittgenstein, praticamente a chefe da família. Cuidava de maneira maternal de seus irmãos mais novos, especialmente de Ludwig, cujo bem-estar era muito importante para ela. Este disse uma vez para Rush Rhees que, dentre seus irmãos, Hermine "era de longe a *mais profunda*" (cf. *Porträts und Gespräche*, p. 7).

Anna Rebni (1869-1970): camponesa de Skjolden, amiga de Wittgenstein. Foi professora em Oslo, mas voltou em 1921 para Skjolden onde cuidava de uma fazenda – a "Eide-Hof", tendo assumido, a partir de 1925, a administração do Albergue da Juventude local. Quando Wittgenstein, em 1937, regressou de Cambridge para Skjolden, morou durante um tempo – de 16 a 24 de agosto – na casa de Anna Rebni. Wittgenstein gostava dela e quando, por causa de um mal-entendido, a boa relação entre eles ficou estremecida, ele fez anotações sobre isso em seus diários (cf. as notas de 15 e 16/11/1937 (MS 119), de 20 e 27/11, assim como as de 07 e 09/12/1937 [MS 120]).

Arne Draegni: trata-se de Arne Thomasson Draegni, nascido em 21 de setembro de 1871, em Skjolden, e falecido em 4 de janeiro de 1946, também em Skjolden. Ele era camponês em uma das fazendas de Bolstad. À localidade de Bolstad pertenciam muitas fazendas que se espalhavam pela região. Arne Draegni era o irmão de Halvard Draegni e Inga Sofia Thomasdotter Draegni, que se casou com Hans Klingenberg e ficou conhecida sob o nome de Sofia Klingenberg. Arne Draegni foi uma das pessoas em Skjolden com as quais Wittgenstein manteve correspondência após sua estada na Noruega em 1936-1937 (cf. *Wittgenstein and Norway* [Wittgenstein e a Noruega], (cartas n. 43, 44, 46, 48).
Em uma carta a Anna Rebni, datada de 18 de julho de 1946, Wittgenstein mostra-se abalado por causa da morte de Arne Draegni. Ele escreve: "I was extremely sorry to hear of Arne Draegni's death. He was the best friend I had in Skjolden" (cf. *Wittgenstein and Norway*, carta n. 49).

148 *Bergen*: Wittgenstein foi a Bergen já em setembro de 1913, com seu amigo David Pinsent. Lá ficou por duas noites no Hotel Norge, antes de partir para Öistesö (ver *A Portrait of Wittgenstein as a Young Man. From the Diary of David Hume Pinsent 1912-1914* [Um retrato de Wittgenstein quando jo-

vem. Do diário de David Hume Pinsent 1912-1914], editado por G. H. von Wright, Oxford, Basil Blackwell, 1990).

Skjolden: após sua primeira estada na Noruega, em setembro de 1913, Wittgenstein decidiu-se em outubro daquele mesmo ano por uma estada mais longa para poder refletir na solidão sobre questões de lógica. Em meados de outubro, instalou-se em Skjolden, um pequeno povoado no fiorde de Sogne, a nordeste de Bergen. Primeiramente morou em uma hospedaria, depois na casa do funcionário dos correios Hans Klingenberg, sua mulher, Sofia, e sua filha Kari. Mais tarde, tornou-se amigo de Anna Rebni, Halvard Draegni e do estudante Arne Draegni, naquela época com 13 anos. Em 26 de março George Edward Moore foi para a Noruega por cerca de duas semanas (do fim de março a meados de abril) e Wittgenstein ditou para ele os resultados de seu trabalho sobre lógica, que foram publicados sob o título *Notes dictated to Moore* [Comentários ditados a Moore]. Na primavera de 1914, Wittgenstein começou a construir uma cabana acima do lago Eidsvatnet, que ocupou pela primeira vez no verão de 1921 por ocasião de sua viagem seguinte a Noruega, com Arvid Sjögren (cf. Monk, p. 85 ss., p. 93 ss., e *Nedo*, p. 353. Cf. também *Wittgenstein and Norway*, p. 84 ss.).

No verão de 1931, Wittgenstein passou novamente algumas semanas em Skjolden, sendo que uma parte desse período em companhia de Marguerite Respinger. Em agosto de 1936, decidiu ficar na Noruega por um período mais longo, que deveria durar até dezembro de 1937. Lá escreveu a primeira versão das *Philosophische Untersuchungen* [*Investigações filosóficas*]. No Natal de 1936, Wittgenstein viajou para Viena e em seguida para Cambridge, onde permaneceu até o fim de janeiro, regressando, então, para a Noruega. Em maio de 1937, foi de novo para a Áustria, depois para a Inglaterra, voltando em 9 de agosto para a Noruega.

Bíblia: é razoável supor que o interesse de Wittgenstein pela Bíblia tenha sido despertado por meio da leitura do livreto de Tolstói *Kurze Darlegung des Evangelium* [Breve exposição do Evangelho]. Wittgenstein comprou esse livreto durante uma viagem de trabalho na Primeira Guerra Mundial em uma livraria de Tarnow, Galícia, e ele se tornou seu companheiro inseparável durante os anos de guerra. Quando, mais tarde, foi transferido para Olmütz para um curso de formação em artilharia, passando a frequentar as reuniões noturnas na casa dos Engelmann, a Bíblia, especialmente o Novo Testamento, foi objeto de leitura. Wittgenstein fazia questão de que a leitura fosse feita em latim. (cf. McGuinness, p. 394). As citações presentes no diário aqui publicado mostram que Wittgenstein frequentemente se referia à tradução de Lutero.

149 *Lessing*: trata-se de Gotthold Ephraim Lessing, nascido em 22 de janeiro de 1729, em Kamenz (Distrito de Dresden), e falecido em 15 de fevereiro de 1781, em Braunschweig.

Wittgenstein está provavelmente fazendo alusão à obra de Lessing *Erziehung des Menschengeschlechts* [A educação da raça humana], em que Lessing discute a Bíblia. Ver, em relação a esse ponto, uma outra passagem em que ele se refere ao comentário de Lessing:

> Leio em Lessing: (sobre a Bíblia), "Acrescente aqui ainda o ornamento e o estilo (...), inteiramente cheio de tautologias, mas estas exercitam a sagacidade na medida em que algumas vezes parecem dizer algo diferente, sendo o seu sentido, entretanto, o literal, enquanto outras vezes parecem possuir um sentido literal quando fundamentalmente significam ou podem significar algo totalmente diferente..." (ver Lessing, *Die Erziehung des Menschengeschlechts*, § 48-49).
> (MS 110, p. 5: 12/12/1930, citado segundo *VB*, p. 33.)

observação no volume XI: no volume XI não se pode encontrar claramente nenhuma passagem correspondente, mas nas *Philosophische Untersuchungen* podemos encontrar observações de mesmo tipo: ver § 105-109. — 153

Paul: trata-se de Paul Wittgenstein, nascido em 5 de novembro de 1887, em Viena, e falecido em 3 de março de 1961, em Manhasset (Nova York). Pianista. O quarto irmão mais velho de Wittgenstein. Tinha grande talento musical. Após ter perdido seu braço direito na Primeira Guerra Mundial, — 155 continuou a tocar piano apenas com a mão esquerda, chegando mesmo a se apresentar em concertos. Muitos compositores escreveram concertos para piano para ele, dentre os quais Maurice Ravel, Franz Schmidt, Richard Strauss, Sergei Prokofiev e Josef Labor. Dessas peças talvez a mais conhecida seja o *Concerto para a mão esquerda* em ré menor, de Maurice Ravel. No período da perseguição aos judeus, Paul emigrou para os Estados Unidos.

Jerome: trata-se de Jerome Stonborough, nascido em 7 de dezembro de 1873, em Nova York, e falecido em 15 de junho de 1938, em Viena. Doutor em química. Marido de Margarete Wittgenstein (cf. o comentário sobre página 28).

156 *Mendelssohn*: trata-se de Felix Mendelssohn-Bartholdy, nascido em 3 de fevereiro de 1809, em Hamburgo, e falecido em 4 de novembro de 1847, em Leipzig. Neto de Moses Mendelssohn. Compositor alemão. As observações de Wittgenstein sobre Mendelssohn são numerosas: no MS 107, p. 72 (1929), ele escreve que Mendelssohn seria "o menos trágico dos compositores" e, em conexão com essa afirmação, que a tragédia seria "algo de não judeu" (citado segundo *VB*, p. 22). Brahms faria, segundo Wittgenstein, "com pleno rigor o que Mendelssohn fez com metade desse rigor". Brahms seria frequentemente "um Mendelssohn sem erros"

(ver MS 154, p. 21v: 1931, citado segundo *VB*, p. 44 s.). No MS 156b, p. 24v (cerca de 1932-1934), Wittgenstein escreve: "Se quisermos caracterizar a essência da música de Mendelssohn, poderíamos fazê-lo dizendo que não haveria talvez nenhuma música de Mendelssohn de difícil compreensão" (citado segundo *VB*, p. 56). Wittgenstein, entretanto, disse a Drury que o concerto para violino de Mendelssohn seria o último grande concerto para violino que já fora composto. No segundo movimento haveria uma passagem que pertenceria aos mais grandiosos momentos da música (cf. *Porträts und Gespräche*, p. 160).

as bacantes: convivas das festas de Baco; na Idade Média, designava os estudantes que ficavam perambulando, cujos mais jovens, chamados *Schützen* [atiradores], protegiam os companheiros, "atirando" (furtando).
Como não há nenhuma obra de Mendelssohn com esse título, é de supor que Wittgenstein tenha se enganado.

Nosso objeto é de fato sublime: ver o § 94 das *Philosophische Untersuchungen*:

"A proposição, uma coisa estranha!": já se encontra aqui a sublimação de toda representação. A tendência a supor um estágio intermediário puro entre o *signo* proposicional e os fatos. Ou mesmo de querer purificar, sublimar o próprio signo proposicional. – Pois nossas formas de expressão nos impedem, de variadas maneiras, de ver que isso ocorre com as coisas cotidianas, na medida em que nos remetem à caça de quimeras (cf. também os § 38 e 89 das *Philosophische Untersuchungen*).

Ver também no MS 157ª (p. 130 s.: 9/2/1937):

> "A proposição é uma coisa estranha": nela reside de alguma forma já a sublimação de toda a representação [contemplação/modo de contemplação], a tendência de supor um estágio intermediário entre o signo proposicional & os fatos, ou mesmo de querer de certa forma purificar, sublimar o próprio signo proposicional. Pois nossa forma de expressão nos impede de ver que isso é algo corriqueiro. Nossas formas linguísticas [formas de expressão] nos impedem, de várias maneiras, de ver, na medida em que nos remetem à caça de coisas fabulosas (quimeras).

Páginas 158/159: entre essas duas páginas provavelmente Wittgenstein arrancou uma folha. Apesar disso, no texto não há nenhum indício da falta de algum trecho.

159 *Lembre-se!*: Wittgenstein escreveu essas palavras em código no lado esquerdo superior da página.

Adão deu nome aos animais: ver a *Bíblia*, Gênesis 2, 19 e 20.

Bakhtin: trata-se de Nicholas Bakhtin, filólogo, irmão do famoso teórico da literatura Mikhail M. Bakhtin (1895-1975). Nicholas preparava no início dos anos 1930 sua tese de doutorado em Cambridge e era um dos amigos de Wittgenstein que, ao lado de Piero Sraffa, George Thomson e Maurice Dobb, pertencia a um grupo de comunistas/marxistas (ver Monk, p. 343 e 347). Mais tarde Nicholas Bakhtin foi professor de línguas antigas em Southampton e depois em Birmingham, onde, finalmente, se tornou professor de linguística. O desejo de Wittgenstein de publicar o *Tractatus Logico-Philosophicus* com as *Philosophische Untersuchungen* surgiu quando ele esclareceu a Bakhtin em 1943 os pensamentos de sua primeira obra (ver *Nedo*, p. 359). Bakhtin morreu um ano antes de Wittgenstein. Constance, sua viúva, disse a Fania Pascal que Wittgenstein era "afeiçoado a Bakhtin". Em sua presença Wittgenstein ficava incomumente alegre e feliz, apesar de ambos serem totalmente diferentes um do outro no que diz respeito às suas posições e seu caráter (cf. *Porträts und Gespräche*, p. 37 s.).

o nome ideal é um ideal: ver *VB*, p. 61 s. E também *Philosophische Untersuchungen*, § 101, 103 e 105 ss.
Ver também MS 157a, p. 122: "Por que então essa ideia se torna em nós um <u>ideal</u>?
(Ou essa pergunta não é, em certo sentido, ilegítima: <u>por que mesmo nós nos</u> agarramos a uma ideia?)

Por que, eu digo, a proposição <u>tem de</u> ser construída de tal ou tal modo?

Porque se conclui sempre em Platão: então <u>tem de</u> ocorrer <u>lá</u> também assim & assado".

163 *imagem originária dessa ideia*: ver a esse respeito o MS 157a e b, em que Wittgenstein confronta-se, de uma maneira crítica, com o conceito de "imagem originária" (da doutrina platônica das ideias) e com os conceitos de "ideia" e "ideal". Lá se encontram várias passagens, por exemplo: "(O nome <u>ideal</u>); O que havia de falso nessa ideia? O que se deixa mostrar imediatamente? (...)" (MS 157a, p. 115).

E mais adiante: "A noção de que o ideal '<u>teria de</u>' ser encontrado na realidade. Ao passo que ainda não se vê <u>como</u> ele se encontra lá; & não se compreende a essência desse 'ter de' (...) O 'ideal' já tem de ter agora uma aplicação/aplicabilidade plena. E fora disso só é ideal na medida em que é uma forma da representação."

"De onde você tira esse 'ideal'? Qual é sua imagem originária? Pois isso é o que há na vida." (Cf. MS 157a, p. 115; anotação de 09/02/1937).

Ver além disso MS 157b, 27/02/1937:

"Ao 'nome ideal' & à origem do ideal pertence a observação de que reconduzimos as palavras que o filósofo emprega de maneira metafísica ao seu emprego cotidiano."

Essas observações remetem igualmente ao *Tractatus*, onde Wittgenstein ainda falava de uma imagem lógica originária: ver *Tractatus*, 3.315 e 3.24.

caseiros: Wittgenstein emprega frequentemente a palavra *hausbacken* (caseiro) para referir-se ao concreto, cotidiano por oposição à representação de uma ideia. Ver *Philosophische Grammatik* [Gramática filosófica] (p. 108): "O pensamento somente pode ser algo totalmente caseiro, *ordinário*. (Tem-se o costume de pensá-lo como algo étereo, inexplorado; como se se tratasse de algo cujo lado exterior nós conhecêssemos, mas cujo interior não é nosso conhecido, algo assim como nosso cérebro.) Gostaríamos de dizer: 'O pensamento, que ente estranho'(...)".
Ver também *Philosophische Grammatik* (p. 121, linha 15):

> Podemos facilmente, ao refletirmos acerca da linguagem e do significado, chegar a pensar que na filosofia não se fala efetivamente das palavras e das proposições em um sentido caseiro, mas em um sentido sublimado, abstrato. – Assim como se uma determinada proposição não fosse realmente aquilo que uma pessoa fala, mas sim um ser ideal (a 'classe de todas as proposições que possuem o mesmo significado', ou algo do tipo). Mas o rei no xadrez, do qual as regras do xadrez tratam, seria uma tal coisa ideal, um ser abstrato? (Em relação à nossa linguagem os escrúpulos não são mais justifi-

cados do que aqueles que um jogador de xadrez tem em relação ao jogo de xadrez, ou seja, nenhum.)

Ver também: *Bemerkungen über die Grundlagen der Mathematik* [Observações sobre os fundamentos da matemática], p. 266, linha 3; p. 291, linha 7.

164 *do signo autêntico*: ver *Philosophische Untersuchungen*, § 105:

> Se cremos que temos de encontrar aquela ordem, a ideal, na linguagem real, ficaremos insatisfeitos com aquilo que chamamos na vida cotidiana de "proposição", "palavra", "signo". A proposição, a palavra da qual trata a lógica, deve ser algo puro e rigorosamente delineado. E quebramos a cabeça sobre a essência do signo *autêntico*. – É esta talvez a *representação* do signo? Ou a representação no presente momento?

Ver também MS 157b: 27/02/1937: "O mal-entendido que conduz à ideia de que a proposição, a proposição autêntica, teria de ser um ente mais puro do que aquele que ordinariamente chamamos de 'signo proposicional' é algo bem complexo".
Ver também: *Philosophische Untersuchungen*, § 106, 107 e 108.

gelo escorregadio: ver *Philosophische Untersuchungen*, § 107: "[...] Estamos sobre gelo escorregadio, onde falta o atrito, sendo, em certo sentido, as condições ideais, mas exatamente por isso não podemos mais caminhar. Queremos caminhar; então precisamos do *atrito*. Retornemos ao solo áspero!".

montgolfieres: trata-se de balões movidos a ar quente. Inventores: Étienne Jacques de Montgolfier (1745-1799) e seu irmão Michael Joseph de Montgolfier (1740-1810), que inventou também o paraquedas, o carneiro hidráulico e o vaporizador.

A última fala de Mefisto no Fausto de Lenau: Nikolaus Lenau 171 (Nikolaus Franz Niembsch, nobre de Strehlenau), nascido em 13 de agosto de 1802, em Csatád (Hungria; posterior Lenauheim, Romênia), e falecido em 22 de agosto de 1850, em Oberdöbling. Poeta austríaco. Estudou em vários lugares, inclusive em Viena, onde travou relações com F. Grillparzer, J. C. Zedlitz, F. Raimund e A. Grün. Decepções pessoais fizeram crescer sua melancolia até que ele teve uma grave crise nervosa, passando a viver a partir de 1844 em um sanatório. Ao lado da lírica naturalista, Lenau produziu também poemas épico-dramáticos sobre materiais monumentais da literatura mundial, como "Die Albingenser" [Os albingenses] (1842), bem como fragmentos: "Fausto" (1836) e "Dom Juan".

Wittgenstein escreveu diversas vezes sobre Lenau, ver, por exemplo:

> Temo muitas vezes a loucura. Tenho uma razão qualquer para considerar que esse medo não tem sua origem, por assim dizer, em uma ilusão de ótica: tomo por um abismo próximo algo que não é? A única *experiência* que sei que confirma não se tratar de uma ilusão é o caso de Lenau. Em seu "Fausto", encontram-se pensamentos do tipo que conheço. Lenau os coloca na boca de Fausto, mas eles são certamente seus próprios pensamentos sobre si mesmo. O mais importante é o que Fausto diz sobre sua *solidão*, ou *isolamento*.
> Também seu talento parece semelhante ao meu: Muito debulho – mas alguns *belos* pensamentos. As narrações em Fausto são quase todas ruins, mas as observações são frequentemente verdadeiras & grandiosas (MS 132, p. 197: 19/10/1946, citado segundo *VB*, p. 107).

Wittgenstein escreve, em 20 de outubro de 1946, no MS 132, p. 202: "O Fausto de Lenau é estranho na medida em que nele o ser humano tem de lidar apenas com o diabo. Deus não se mete" (Citado segundo *VB*, p. 107). Ver também *VB*, p. 24 e 75.

Peer Gynt: poema dramático de Henrik Ibsen (1828-1906).

173 *metáforas*: ver as afirmações de Wittgenstein sobre religião em *Wittgenstein und der Wiener Kreis* [Wittgenstein e o círculo de Viena], p. 117:

O discurso é essencial para a religião? Posso muito bem imaginar uma religião na qual não há nenhuma proposição doutrinal, na qual, então, não se fala. A essência da religião não tem, portanto, nada a ver com o fato de se falar, ou antes: quando se fala, então isso é uma parte constitutiva da ação religiosa e não uma teoria. Não importa se as palavras são verdadeiras, falsas ou absurdas.

Os discursos da religião também não são *metáforas*, senão ter-se-ia de poder dizê-los em prosa. Projetar-se contra os limites da linguagem? Mas a linguagem não é nenhuma jaula.

Não explicar! Descrever!: ver em relação a esse ponto as *Philosophische Untersuchungen*, § 109:

> Seria certo dizer que nossas observações não deveriam ser observações científicas. A experiência "de que isso ou aquilo possa ser pensado, contrariamente a nosso preconceito" – o que quer que isso possa significar – não deveria nos interessar. (A concepção pneumática do pensar.) E não devemos elaborar nenhum tipo de teoria. Não pode haver nada de hipotético em nossas observações. Toda *explicação* deve desaparecer e ser substituída somente por descrição. E essa descrição recebe sua luz, isto é, seu propósito, dos problemas filosóficos. Esses problemas certamente não são empíricos, mas são resolvidos por meio de um exame do trabalho de nossa linguagem, de uma tal maneira que esse trabalho seja conhecido: *contraria-*

mente ao impulso de comprendê-lo de modo equivocado. Os problemas são resolvidos não ao trazermos novas experiências, mas por meio da composição do que já é velho conhecido. A filosofia é uma luta contra o enfeitiçamento do nosso entendimento pelos meios de nossa linguagem.

Ver também *Philosophische Untersuchungen* (§ 124):

> A filosofia não deve, de maneira nenhuma, tocar no uso efetivo da linguagem; ela pode, ao fim, apenas descrevê-lo. Pois ela também não pode fundamentá-lo.
> A filosofia deixa tudo como está.
> Ela deixa também a matemática como está e nenhuma descoberta matemática pode fazê-la avançar. Um "problema central da lógica matemática" é para nós um problema da matemática como um outro qualquer.

Ver também *Philosophische Untersuchungen* (§ 126):

> A filosofia simplesmente coloca as coisas, não elucida nada e não conclui nada. – Como tudo fica em aberto, não há nada a esclarecer. Afinal, o que porventura está oculto não nos interessa. Poder-se-ia também chamar de 'filosofia' o que é possível *antes* de todas as novas descobertas e invenções.

Subjugue seu coração & não fique <u>zangado</u> por ter de sofrer assim! Esse é o conselho que devo me dar: ver sobre isso a interpretação de Tolstói da primeira epístola de João, in *Kurze Darlegung des Evangelium* [Breve exposição do Evangelho], "primeira epístola de João, o teólogo", cap. III, vers. 19: "E aquele que assim ama tem o coração sereno, pois forma uma unidade com o pai". Vers. 20: "Se o coração dele luta, então ele subjuga seu coração a Deus". Vers. 21: "Isto porque Deus é mais importante do que os desejos do coração. Se o coração dele não luta, então ele é santo".

loucura: Wittgenstein escrevia frequentemente sobre a loucura e seu medo dela. Ver sua já citada observação em conexão com Lenau (comentário sobre p. 171).
Ver também MS 127 (p. 77v: 1944, citado segundo *VB*, p. 91): "Se na vida estamos cercados pela morte, do mesmo modo na saúde do entendimento o estamos pela loucura" [assim também no entendimento cotidiano da loucura].
Essa observação precedeu as seguintes palavras: "Filósofo é aquele que precisa curar em si muitas doenças do entendimento antes de poder chegar à noção do que seja o entendimento humano sadio" (Cf. sobre isso *Bemerkungen über die grundlagen der Mathematik*, p. 302).
Ver também: "Não se *tem de* ver a loucura como doença. Por que não como uma mudança súbita de caráter – ou mais ou *menos* súbita?" (MS 133, p. 2: 23/10/1946, citado segundo *VB*, p. 108).

185

187 *Salmos da penitência*: salmos consistem em uma coleção de canções, preces de diferentes conteúdos, poemas de sabedoria que pertencem a diferentes períodos da história israelita, escritos por diferentes autores e cuja origem se deve a múltiplas ocasiões. Dentre os cento e cinquenta salmos, que se dividem em cinco livros, encontram-se sete salmos de penitência, sendo que cinco deles foram compostos por Davi.

190 *mas procurá-la seria ousadia*: antes dessa frase Wittgenstein escreveu, na linguagem codificada, as seguintes palavras, que ele depois riscou: "Não me deixe fugir diante daquela 'loucura'!".

195 *cartas do apóstolo Paulo*: ver uma observação de Wittgenstein de 4 de outubro de 1937, no MS 119 (p. 71, citado segundo *VB*, p. 69):

> A fonte, que corre tranquila & clara (transparente) nos Evangelhos, parece espumar nas cartas de Paulo. Ou é assim que *me* parece. Talvez seja somente minha própria impureza que projeta aqui a opacidade, pois por que essa impureza não poderia sujar aquilo que é claro? Mas *para mim* é como se eu visse nessas cartas a paixão humana, algo como orgulho ou ira, que não combina com a humildade dos *Evangelhos*. Como se houvesse aqui um realce da própria pessoa, & *precisamente como ato religioso*, o que é estranho ao Evangelho. Eu gosta-

ria de perguntar – & tomara que isso não seja nenhuma blasfêmia –: "O que teria Jesus dito a Paulo?". Mas alguém poderia, com razão, responder: O que isso importa para você? Cuide de *se* tornar uma pessoa mais decente! Tal como você é, você simplesmente não pode compreender de forma alguma o que seria a verdade aqui.

Nos Evangelhos – assim me parece – é tudo *mais simples*, mais humilde, mais fácil. Lá há cabanas; – em Paulo, uma igreja. Lá todos os seres humanos são iguais & o próprio Deus é um ser humano; em Paulo já há algo como uma hierarquia; dignidades & cargos. – É o que me diz, por assim dizer, meu OLFATO (cf. também *VB*, p. 72).

Tenha coragem & paciência até a morte, então talvez a vida lhe seja ofertada: ver uma anotação de Wittgenstein, de 4 de maio de 1916, citada segundo os *Geheime Tagebücher*, p. 70: "(...) Só então a guerra começará para mim. E pode ser – também a vida! Talvez a proximidade da morte me traga a luz da vida (...)". 196

canção de Schubert: "Betrittst du wissend meine Vorgebirge (...)": não verificado. 197

não experienciamos o mero 'fim da vida'...: Ver *Tractatus*, 6.4311: "A morte não é um acontecimento da vida. Não se vivencia a morte". 199

203 *Lutero teria escrito que a teologia seria a "gramática da palavra de Deus", da Sagrada Escritura*: ver o que Wittgenstein escreve no § 373 das *Philosophische Untersuchungen*: "Que tipo de objeto alguma coisa é, diz a gramática. (Teologia como gramática.)"

205 *em 'sino que tine'*: ver a Bíblia, 1 Coríntios, 13:1.

207 *Joh. Bolstad*: trata-se de Johannes Johannesson Bolstad, nascido em 7 de novembro 1888, em Skjolden, e falecido em 16 de junho 1961, em Skjolden. Segundo filho mais velho de Johannes Johannesson Bolstad (1843-1930), em cuja propriedade Wittgenstein construiu sua cabana. O filho, de mesmo nome, foi primeiramente navegador e emigrou para os Estados Unidos em 1907. Lá trabalhou vários anos em uma fazenda no Wisconsin, regressando em 1929 para a Noruega – mais precisamente para Luster. Assumiu o resto da propriedade rural dos Bolstad, isto é, a parte que não havia sido assumida por seu irmão Halvard em 1919. Johannes Bolstad foi um dos irmãos de Arne Bolstad, a quem Wittgenstein já em 1921 havia legado sua cabana.

209 *é preciso primeiro viver, – então se pode também filosofar*: ver "primum vivere deinde philosophari".

214 *Uma hora você diz: "Deus criou o mundo"*: ver em relação a esse ponto os encontros de Wittgenstein com o Círculo de

Viena. À pergunta de Waismann, se a existência do mundo guarda relação com o ético, Wittgenstein dá a seguinte resposta: "Que há aqui uma conexão, os seres humanos sentiram e expressaram do seguinte modo: Deus-Pai criou o mundo, Deus-Filho (ou a palavra que parte de Deus) é o ético. Que tenhamos dividido a divindade e novamente a pensemos como uma é algo que indica que há aqui uma conexão".
(Quarta-feira, 17/12/1930, Neuwaldegg. Citado segundo *Wittgenstein und der Wiener Kreis*, p. 118.)

limpos de coração: ver o *Evangelho de Mateus* 5:8: "Bem-aventurados os limpos de coração, porque eles verão a Deus". 216

essa palavra: Wittgenstein está se referindo à palavra "Deus" da linha de cima. No texto original, ele a indica por meio de uma seta. 218

creiam que vocês estão reconciliados & não pequem mais 'daqui em diante': provavelmente Wittgenstein está se referindo à cura de um doente no sabá em João, 5:14 ou ao encontro de Jesus com a adúltera em João, 8:11. 220
Mas talvez Wittgenstein esteja se referindo ao capítulo que trata da Graça Divina (Romanos, 5 e 6), em que o tema é a reconciliação que obtivemos por meio de Cristo e pela graça que nos libertou do pecado.

221 *Max*: trata-se do dr. Max Salzer, nascido em 3 de março de 1868, em Viena, e falecido em 28 de abril de 1941, também em Viena. Chefe de seção. Marido de Helene, irmã de Wittgenstein, com quem teve quatro filhos: Felix, Fritz, Marie e Clara.

222 *reluctantly*: do inglês, relutante, contrariado.

224 *mamãe*: trata-se de Leopoldine (Poldy) Wittgenstein, sobrenome de solteira: Kallmus. Nascida em 14 de março de 1850, em Viena, e falecida em 3 de junho de 1926, também em Viena. Leopoldine era uma mulher sofisticada, que amava sobretudo a música. Tocava muito bem piano e órgão, e era considerada uma crítica severa desses instrumentos. Rudolf Koder afirmava que ela tocava piano melhor do que todos os outros membros da família, incluindo até mesmo seu filho Paul, o pianista (depoimento de John Stonborough a Ilse Somavilla em 2 de abril de 1993). Hermine Wittgenstein escreveu em seu *Familienerinnerungen*:

> Se devo falar acerca de minha mãe a partir do modo como a vejo, então os traços que me aparecem como os mais marcantes de seu ser são seu desapego de si, seu elevado sentimento do dever, sua modéstia, que a fazia quase apagar-se, sua capacidade de sentir compaixão e seu grande talento musical. (...) A música era certamente também o mais belo

elemento de ligação dela com seus filhos, e, mais tarde, também com seus netos. (...) Eu via ou também sentia claramente que minha mãe fazia sem rodeios o que lhe parecia bom e correto, não tendo nunca os olhos voltados para seus próprios desejos, aliás, parecia não tê-los. (...) Ela não se poupava nunca, sendo muito dura consigo mesma e escondendo principalmente de seu marido e de sua mãe toda dor (...) (*Familienerinnerungen*, p. 90-92).

para a Rússia: em setembro de 1935, Wittgenstein viajou para a Rússia – com a intenção de encontrar um posto de trabalho e ficar por um tempo mais longo. Ele havia imaginado um trabalho simples em um colcoz, mas foi-lhe oferecido um posto acadêmico em uma universidade, o que o levou a abandonar a Rússia já no começo de outubro. Sobre as razões de sua viagem para a Rússia, ver Monk (p. 342 s., 347 s. e 354). 229

Ver também a carta de Wittgenstein a Keynes datada de 6 de julho de 1935: "(...) Estou certo de que você, ao menos em parte, compreende meu desejo de ir para a Rússia, e confesso que são razões parcialmente ruins e até mesmo infantis, mas é certo também que por trás de tudo há razões profundas e, até mesmo, boas" (Cf. *Briefe*, p. 191 s.).

O desejo de voltar para a Rússia parece ter ocupado Wittgenstein ainda mais tarde. Ver sua carta de 21 de junho de 1937 a Paul Engelmann: (...) "Estou agora por um curto período na Inglaterra; talvez vá para a Rússia" (Cf. *Briefe*, p. 206).

para a Irlanda: em agosto de 1936, Wittgenstein visitou por alguns dias seu amigo Maurice O'Connor Drury, em Dublin. Naquela época, ele pensava em estudar medicina e, então, abrir um consultório com Drury. Mais tarde viajou com muita frequência para a Irlanda (nos anos 1947, 1948 e 1949), ficando hospedado no Ross's Hotel ou, em 1948, em uma casa de camponeses na Red Cross no condado de Wicklow, e, em seguida, na solitária casa de férias de Drury em Rosro, na costa oeste de Connemara. Lá escreveu o texto catalogado hoje no MS 138, "volume R", cuja segunda parte, juntamente do MS 138, foi publicada em grande parte sob o título *Letzte Schriften über die Philosophie der Psychologie* [Últimos escritos sobre a filosofia da psicologia] (cf. *Nedo*, p. 358 e 360).

230 *minha estada na Noruega*: ver a esse respeito o que Wittgenstein escreveu em 19 de agosto de 1937, no MS 118 (p. 5 s.):

> Sinto-me muito estranho; não sei não se tenho uma razão ou um bom motivo para viver aqui agora. Não tenho nenhuma necessidade efetiva de solidão nem um impulso muito grande para o trabalho. Uma voz me diz: espere um pouco, que isso vai se mostrar. – Uma voz me diz: será impossível para você aguentar ficar aqui; você não pertence mais a esse lugar! – Mas o que devo fazer? Ir para Cambridge? Lá não poderei escrever. (...) Uma coisa está clara: estou agora <u>aqui</u>

– não importando como e por que vim para cá. Então, deixe-me aproveitar meu estar aqui enquanto durar. (...) Quer dizer, posso ficar aqui por umas seis semanas, <u>independentemente</u> de como meu trabalho se desenvolver, não tendo, contudo, após esse tempo, nenhuma razão <u>clara</u> para supor que trabalho aqui melhor do que em outro lugar, então será hora de partir. Queira Deus que eu utilize bem o tempo que estou aqui!

meu companheiro: Wittgenstein está provavelmente falando de Francis Skinner. 231

Mas você precisa, então, da <u>redenção</u>: ver em relação a esse tópico a anotação de Wittgenstein de 12 de dezembro de 1937, no MS 120 (p. 108, em código): 232

> (...) Mas se eu REALMENTE devo ser salvo, – então preciso de *certeza* – não de sabedoria, sonhos, especulação – e essa certeza é a fé. E a fé é a crença naquilo que meu *coração*, minha *alma* precisam, não meu entendimento especulativo. Pois minha alma, com suas paixões, por assim dizer, com sua carne & sangue é que tem de ser salva, e não meu espírito abstrato. Pode-se talvez dizer: Apenas o *amor* pode crer na ressurreição. Ou: É o *amor* que crê na ressurreição (...) (citado segundo *VB*, p. 74 s.).

<u>suspenso</u> *no céu*: ver a continuação da passagem citada imediatamente acima: "(...) O que combate a dúvida é, *por as*- 233

sim dizer, a *redenção*. Agarrar-se *a ela* tem de ser agarrar-se a essa fé. Isso significa então: primeiro seja salvo & se agarre à sua redenção (agarre sua redenção) – então você verá que está agarrado a essa fé. Isso só pode ocorrer, portanto, se você não se apoiar mais na Terra, mas encontrar-se suspenso no céu (...)"

(MS 120, p. 108c: 12/12/1937, citado segundo *VB*, p. 74 s.).

234 *Amarás o perfeito acima de tudo*: ver acerca desse ponto o "primeiro" e "mais importante" mandamento da *Bíblia*: "Jesus disse-lhe: Amarás ao Senhor teu Deus de todo o teu coração; e de toda tua alma e de todo o teu entendimento" (*Mateus*, 22:37). Ver também *Lucas*, 10:27 e *Marcos*, 12:30 (cf. também Deuteronômio, 6:5).

235 *viajar para Viena*: No início de maio, Wittgenstein viajou para Viena, de onde partiu, em 2 de junho, para Cambridge, lá ficando até 9 de agosto. Lá ditou uma versão revista das *Philosophische Untersuchungen*, o "Typoscript TS 220". Em 10 de agosto – passando por Londres, Bergen e Mjömma – seguiu viagem para Skjolden, onde chegou em 16 de agosto e permaneceu até meados de dezembro (cf. *Nedo*, p. 358).

Temos de fato apenas de afastar os mal-entendidos: ver *Philosophische Untersuchungen*, § 91: "(...) Pode-se também dizer isso assim: Afastamos mal-entendidos ao tornar nossa ex-

pressão mais exata: mas pode parecer que nos esforçamos para atingir um determinado estado, o da perfeita exatidão; como se fosse esse o objetivo efetivo de nossa investigação".
Ver também *Philosophische Untersuchungen*, § 87, 90, 93, 109, 111 e 120.

Keiser e Galiläer [Imperador e Galileu]: trata-se da peça *Kej-ser og Galilaeer* (título original norueguês). Peça histórica de Henrik Ibsen (1828-1906), publicada em 1873. Encenada pela primeira vez em Kristiania (= Oslo) em 20 de março de 1903, no Nationaltheatret. 237

A obra consiste de dois dramas de cinco atos cada um: Caesars frafald (A queda de César) e Keyser Julian (Imperador Juliano).

fato histórico: ver em relação a isso: 239

> O cristianismo não se funda em uma verdade histórica, mas nos fornece uma informação (histórica) & nos diz: agora creia! Mas não creia nessa informação com a fé de que se trata de uma informação histórica, – mas: creia não importa o que aconteça, & isso você só pode conseguir como resultado de uma vida. *Aqui você tem uma informação! – não se comporte em relação a ela como em relação a uma outra informação histórica*! Deixe-a assumir uma posição *completamente diferente* em sua vida. – Não há nada de *paradoxal* nisso! (MS 110, p. 83c: 08 e 09/12/1937; citado segundo *VB*, p. 72).

240 *estou vegetando*: ver sobre esse ponto as anotações de Wittgenstein em seu diário no tempo da guerra, onde ele, de uma maneira semelhante, faz acusações contra si mesmo por causa de suas necessidades "primitivas": "De tempos em tempos viro um *animal*. Então não consigo pensar em nada além de comer, beber, dormir. É terrível! Então também sofro como um animal, sem a possibilidade de salvação interna. Estou, pois, abandonado aos meus desejos e aversões. Assim não se pode pensar em uma vida verdadeira" (29/07/1916, *Geheime Tagebücher*, p. 74).

Bibliografia

Bibliografia principal

LEE, Desmond. (Ed.). *Wittgenstein's Lectures. Cambridge 1930-1932.* Oxford: Basil Blackwell, 1980 (edição brochada em 1982).

WITTGENSTEIN, Ludwig. Bemerkungen über die Grundlagen der Mathematik. In: *Werkausgabe in 8 Bänden.* vol. 6. Frankfurt am Main: Suhrkamp, 1984.

_____. Bemerkungen über die Philosophie der Psychologie; Letzte Schriften über die Philosophie der Psychologie. In: *Werkausgabe in 8 Bänden.* vol. 7. Frankfurt am Main: Suhrkamp, 1984.

_____. Das Blaue Buch. In: *Werkausgabe in 8 Bänden.* vol. 5. Frankfurt am Main: Suhrkamp, 1984.

_____. *Geheime Tagebücher 1914-1916.* Editado e documentado por Wilhelm Baum. Prefácio de Hans Albert. Viena: Turia & Kant, 1991.

_____. Philosophische Untersuchungen; Tagebücher 1914--1916; Tractatus-logico-philosophicus. In: *Werkausgabe in 8 Bänden.* vol. 1. Frankfurt am Main: Suhrkamp, 1984.

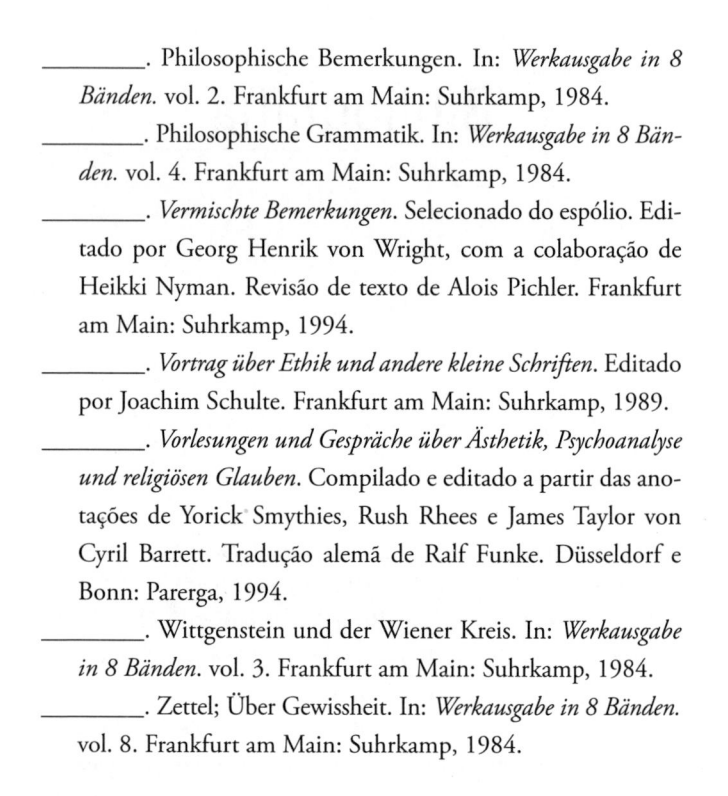

_____. Philosophische Bemerkungen. In: *Werkausgabe in 8 Bänden*. vol. 2. Frankfurt am Main: Suhrkamp, 1984.

_____. Philosophische Grammatik. In: *Werkausgabe in 8 Bänden*. vol. 4. Frankfurt am Main: Suhrkamp, 1984.

_____. *Vermischte Bemerkungen*. Selecionado do espólio. Editado por Georg Henrik von Wright, com a colaboração de Heikki Nyman. Revisão de texto de Alois Pichler. Frankfurt am Main: Suhrkamp, 1994.

_____. *Vortrag über Ethik und andere kleine Schriften*. Editado por Joachim Schulte. Frankfurt am Main: Suhrkamp, 1989.

_____. *Vorlesungen und Gespräche über Ästhetik, Psychoanalyse und religiösen Glauben*. Compilado e editado a partir das anotações de Yorick Smythies, Rush Rhees e James Taylor von Cyril Barrett. Tradução alemã de Ralf Funke. Düsseldorf e Bonn: Parerga, 1994.

_____. Wittgenstein und der Wiener Kreis. In: *Werkausgabe in 8 Bänden*. vol. 3. Frankfurt am Main: Suhrkamp, 1984.

_____. Zettel; Über Gewissheit. In: *Werkausgabe in 8 Bänden*. vol. 8. Frankfurt am Main: Suhrkamp, 1984.

Cartas

ENGELMANN, Paul. *Ludwig Wittgenstein. Briefe und Begegnungen*. Editado por Brian McGuinness. Viena e Munique: R. Oldenbourg, 1970.

MALCOLM, Norman. *Ludwig Wittgenstein. A Memoir. With a Biographical Sketch by G. H. von Wright*. 2. ed. (com cartas de Wittgenstein a Malcolm). Oxford, Nova York: Oxford University Press, 1984.

MCGUINNESS, Brian; ASCHER, Maria Concetta; PFERSMANN, Otto. (eds.). *Wittgenstein. Familienbriefe*. Séries da Sociedade Wittgenstein, vol. 23, Viena, Hölder-Pichler-Tempsky, 1996.

PINSENT, David Hume. *Reise mit Wittgenstein in den Norden*. Excertos do diário. Cartas. Editado por G. H. von Wright com introdução de Anne Pinsent Keynes e posfácio de Allan Janik. Traduzido do inglês por Wolfgang Sebastian Baur. Viena, Bozen: Folio Verlag, 1994.

SOMAVILLA, Ilse; UNTERKIRCHER, Anton; e BERGER, Christian Paul. (eds.). *Ludwig Hänsel – Ludwig Wittgenstein. Eine Freundschaft*. Cartas. Ensaios. Comentários. Innsbruck: Haymon Verlag, 1994.

WITTGENSTEIN, Ludwig. *Briefe an Ludwig von Ficker*. Editadas por Georg Henrik von Wright com a colaboração de Walter Methlagl. Salzburg: Otto Müller Verlag, 1969.

_____. *Briefe. Briefwechsel mit B. Russell, G. E. Moore, J. M. Keynes, F. P. Ramsey, W. Eccles, P. Engelmann und L. von Ficker*. Frankfurt am Main, Wissenschaftliche Sonderausgabe: Suhrkamp Verlag, 1980.

Bibliografia secundária

HUITFELDT, Claus. Das Wittgenstein-Archiv der Universität Bergen. Hintergrund und erster Arbeitsbericht. *Mitteilungen aus dem Brenner-Archiv*, n. 10/1991, p. 93-106.

JOHANNESSEN, Kjell S.; LARSEN, Rolf; AMAS, Knut Olav. (eds.) *Wittgenstein and Norway*. Oslo: Solum Verlag, 1994.

KODER, Johannes. Verzeichnis der Schriften Ludwig Wittgensteins aus dem Nachlass Rudolf und Elisabeth Koder. *Mitteilungen aus dem Brenner-Archiv*, n. 12/1993, p. 52-54.

MCGUINNESS, Brian. *Wittgensteins frühe Jahre*. Traduzido por Joachim Schulte. Frankfurt am Main: Suhrkamp, 1988.

MONK, Ray. *Ludwig Wittgenstein. The Duty of Genius*. Nova York: Penguin Books, 1990.

NEDO, Michael; e RANCHETTI Michele. (eds.). *LUDWIG WITTGENSTEIN. Sein Leben in Texten und Bildern*. Frankfurt am Main: Suhrkamp, 1983.

RHEES, Rush. (Ed.). *Ludwig Wittgenstein: Porträts und Gespräche*. Frankfurt am Main: Suhrkamp Taschenbuch Wissenschaft, 1992.

VON WRIGHT, Georg Henrik. *Wittgenstein*. Oxford: Basil Blackwell, 1982.

WITTGENSTEIN, Hermine. *Familienerinnerungen*. Viena, Hochreit, Gmunden, 1944-1947 (texto datilografado).

Índice onomástico

Os nomes aqui incluídos se referem às pessoas mencionadas no diário e nos comentários do final. Autores citados, que estão na bibliografia secundária, não foram aqui incluídos.

Adão 112, 231
Agostinho 60, 202
Anzengruber, Ludwig 209

Bakhtin, Constance 233
Bakhtin, Michail M. 115, 233
Bakhtin, Nicholas 233
Baumayer, Marie 173
Beethoven, Ludwig von 63, 78, 169, 172, 180, 204
Bolstad, Arne 226, 244
Bolstad, Halvard 244
Bolstad, Johannes Johannesson 141, 244

Boltzmann, Ludwig 173
Brahms, Johannes 30-1, 55, 65-6, 82-3, 171-3, 181-2, 207, 216, 230-1
Bruckner, Anton 30, 65-6, 82-3, 171-2, 207
Busch, Wilhelm 212

Casals, Pablo 173
Chambrier, Benoît de 166, 189
Chamisso, Adelbert von 190
Chopin, Frédèric 181
Claudius, Matthias 76, 212-3

Copérnico 178
Cumes, Sibila de 75, 212

Dahn, Felix 212
Darwin, Charles 178
Dobb, Maurice 162
Dostoiévski, Fiodor 68, 87, 139, 202, 209
Draegni, Arne 105, 226-7
Draegni, Halvard 226-7
Drury, Maurice O'Connor 173, 202, 204, 219, 231, 248

Ebner-Eschenbach, Marie von 40, 57, 182
Einstein, Albert 36, 178
Emerson, Ralph Waldo 86, 216-7
Engelmann, Ernestine 204
Engelmann, Paul 63, 184, 196, 204-5, 223, 228, 247
Ernst, Paul 68, 208
Espinosa, Baruch de 76-7, 180, 213, 215

Ficker, Ludwig von 182-4, 202
Frazer, James George, *sir* 221
Frege, Gottlob 174

Freiligrath, Ferdinand 212
Freud, Sigmund 2, 9, 34, 36, 40, 102, 170-1, 193-4, 196

Geibel, Emanuel 212
Goethe, Johann Wolfgang 172, 199
Grimm, irmãos 208
Groag, Heinrich 204

Hamann, Johann Georg 60, 199-1
Hänsel, Ludwig 103-4, 184, 189, 196-7, 202, 222, 225
Haydn, Josef 215
Herrmann, Rosalie 212
Hertz, Heinrich 174

Ibsen, Henrik 238, 251

Joachim, Joseph 173
João 241, 245

Keller, Gottfried 56, 195-6
Keynes, John Maynard 28, 168-9, 188, 247
Kierkegaard, Sören 60, 64, 91-2, 99, 117, 123, 139, 143, 199, 215

King, John 193, 211
Kleist, Heinrich von 202-3
Klingenberg, Hans 227
Klingenberg, Inga Sofia 226
Klingenberg, Kari 227
Koder, Rudolf 8, 13, 246
Kraus, Karl 40, 66, 80-1, 139-40, 174, 183-4, 204-5, 213

Labor, Josef 56-7, 173, 196-7, 230
Lenau, Nikolaus 120, 172, 237-8, 241
Lessing, Gotthold Ephraim 107, 228-9
Lichtenberg, Georg Christoph 87, 217-9
Loos, Adolf 40, 174, 182-3, 204-5
Lucas 250
Lutero, Martinho 60, 63, 138, 228, 244

Mahler, Gustav 18, 70, 210-1
Maisky, Ivan 168
Mann, Thomas 176, 190
Marcos 250
Mateus 245, 250

Mendelssohn-Bartholdy, Felix 230
Mendelssohn, Moses 60, 110, 173, 200-1, 213, 231
Montgolfier, Étienne Jacques de 237
Montgolfier, Michel Joseph de 237
Moore, Dorothy Mildred 30, 171
Moore, George Edward 47, 50, 171, 174, 189, 223, 227
Mozart, Wolfgang Amadeus 78, 204
Murakami 44, 186

Nietzsche, Friedrich 52, 195

Oberländer, Adolf 73, 211-2

Pascal, Fania 223-4, 233
Pattisson, Gilbert 186-7
Paulo 97, 134, 219, 242-3
Pinsent, David 226
Platão 234
Prokofiev, Sergei 230

Quiggin, Alison 191
Quiggin, George 191

Ramsey, Frank Plumpton 28, 167, 174, 187
Ramsey, Lettice 187
Ravel, Maurice 230
Rebni, Anna 105, 141, 225-7
Respinger, Marguerite 24, 165, 228
Reuter, Fritz 225
Rhees, Rush 170-1, 208, 221, 223, 225
Rothe 59, 199
Russell, Bertrand 167-8, 174

Salzer, Felix 246
Salzer, Fritz 246
Salzer, Max 246
Scheffel, Joseph Victor von 212
Schlick, Moritz 206
Schmidt, Franz 230
Schönberg, Arnold 197
Schopenhauer, Arthur 28, 169, 174
Schubert, Franz 135, 172, 243
Schumann, Clara 40, 173, 181-2
Schumann, Robert 59, 181
Schwind, Moritz von 212
Silesius, Angelus 201

Sjögren, Arvid 227
Sjögren, Carl 185
Sjögren, Clara (Salzer, quando solteira)
Sjögren, Hermine (Mima) 185
Sjögren, Talla 166, 185-6, 188
Skinner, Francis 14n, 223-4, 249
Soldat-Röger, Marie 173
Spengler, Oswald 33, 35, 40, 143, 174-6
Spitzweg, Carl 212
Sraffa, Piero 233
Stockert, Marie von (Salzer, quando solteira) 246
Stonborough, Jerome 181, 230
Stonborough, John 24, 222
Stonborough, Thomas 166
Strauss, Richard 230

Thomson, George 233
Thoreau, Henry David 217
Tolstói, Leon 228, 241

Vischer, Robert 178-9
Vischer, Friedrich Theodor 39, 178-9
Wagner, Richard 30, 59, 172-3

Waismann, Friedrich 245
Weininger, Otto 174
Whitehead, Alfred North 167
Wittgenstein, Clara 41, 173, 185
Wittgenstein, Fanny (Figdor, quando solteira) 173
Wittgenstein, Hermine (Mining)104-5, 110-1, 125, 185-6, 197, 212, 225, 246
Wittgenstein, Karl 185, 211, 225
Wittgenstein, Kurt 93, 220
Wittgenstein, Leopoldine 211, 246
Wittgenstein, Paul (irmão) 110, 229-30
Wittgenstein, Paul (tio) 185
Wittgenstein, Rudolf 211
Wittgenstein-Salzer, Helene 47, 158, 189, 246
Wittgenstein-Stonborough, Margarete (Gretl) 7, 40, 45, 57, 86, 147, 166, 181, 187-8, 205, 222-3, 230
Wright, Georg Henrik von 7, 13n, 24, 175, 218, 227

Zweig, Fritz 204
Zweig, Max 204

1ª edição janeiro 2011 | **Diagramação** Studio 3
Fonte Adobe Garamond | **Papel** Offset 75 g/m²
Impressão e acabamento Cromosete